世界的秩序

(法)德尼·雷佩 著
彭怡 译

DENIS LÉPÉE

L'ORDRE DU MONDE

作家出版社

献　给

苏珊娜、加布里埃尔和路易斯

主要人物介绍

托马苏，三十五岁，意大利血统的爱尔兰海底考古学家，在法国和意大利被当做是海盗。为了得到科研经费，他接受了英国律师洛厄尔委托的一个项目，不料因此陷入一个跨国阴谋，不得不四处逃亡，不过，经过一系列生死考验，他却与感情日益疏远的妻子重归于好。

克莱尔，法国考古学教授保尔的女儿，毕业于法国和美国的名校，曾从事新闻工作，想以自己的努力让父亲刮目相看，却没能达到目的，于是监视父亲，把他的研究成果透露给美国中情局。父亲被害死之后，她通过各种办法接近托马苏，试图找到杀父仇人。

伊莎贝尔，托马苏的妻子，漂亮高大，长发碧眼。她跟托马苏有一个女儿马蒂尔德，但由于托马苏常年不在家，两人关系疏远，她对丈夫既恨又爱，感情复杂。

安托万，健壮、忠诚，托马苏志同道合的朋友，两人一道寻找装满黄金的法国沉船。他全力协助托马苏，曾只身前往莫斯科和纽约，在列宁墓和联合国总部取证。

亚德里安，军火贩，国际走私团伙成员，对建筑与人类行为的关系深感兴趣，曾协助托马苏并与中情局叫板。

杰里米，英国驻意大利巴勒莫领事，托马苏父亲的老朋友。当托马苏前往巴勒莫请他协助寻找女儿时，他毫不犹豫地联系了他在中情局的朋友布兰登。

布兰登，中情局驻意大利办事处副主任，冷战初期开始特务生涯，曾协助杰里米，向法国司法当局证明托马苏的清白。

1

迦太基——公元前99年

船尾坐着一个旅客，他用大衣的风帽遮住脸，对面前跑来跑去的船员视而不见。当他们在水手长的号叫声中手忙脚乱地准备让船靠岸时，这位旅客一直凝视着港口上方旧兵工厂的废墟。船刚绕过岬角，迦太基遗址便映入眼帘，中间是高高的比尔萨山，已丝毫没有人类活动的迹象，白色的岩石和金色的沙子，景色相当单一。

他眯起双眼，阳光太刺眼了。随着船只减速，靠近岸边，他感到越来越热，让人窒息。太阳尚未当头，雾气已在石间弥漫，热浪使一切都变得朦朦胧胧。悬崖顶上一个耀眼的光点引起了他的注意，他试图看清那块反光的金属是什么东西，他相信他看到了一个人影。

*

“你能肯定就是那艘船吗？”一个士兵问。

码头上，两个士兵站在离开港监办公室有一定距离的地方，看着轮船慢慢靠岸。两人的肩章和被汗水湿透的皮护腿上都有古罗马军团的铜徽章。

另一个士兵讥讽地扫了他一眼，擦了擦大汗淋漓的额头，叹了一口气，把一直夹在腋下、插着红色羽毛的帽子戴到头上：“那还会错？谁会傻傻地来到这个地方？”

“不管是谁，但愿快一点，”他的同伴抱怨道，“否则熬不到晚上我们就会被烤焦……”

“但愿他很快就会回去。我觉得我们在这里已经待了好几个月了！鬼才知道领事先生为什么要匆匆来到这个倒霉的地方，等待元老院派来的那个建筑师。不然，我们早该回罗马了。”

“快走吧！”第一个士兵边说边走上石砌码头。

*

岸上的人接住从船上抛下来的缆绳，迅速把它系在堰堤上。

船刚停稳，两个士兵便跳了上去，他们穿过甲板，不理睬船上的水手，径直朝那位身穿风衣、坐在船尾的旅客走去。那人默默地坐在那里，好像正用心地在用一根细棒在画画。

“你是马尔库斯·维特鲁威·波利奥建筑师吗？”士兵问。

对方点了点头，连头都没抬。

“我们奉命立即接您去领事那里。”

士兵转过头，指着这个男人刚才在看的高地，说：

“他就在那上面，在废墟当中。”

*

太阳照到头顶时，三个人才走到山顶。山下就是老港和死城，甚至可以看到麦加拉居民区。维特鲁威停了一会儿，喘着气，望着这景象。在山上可以看见布匿君主陵墓四周的剧场、渡槽、蓄水池、公共浴池和城墙的地基轮廓。五十年前，古罗马部队攻占并焚毁了这座城池，把所有建筑一砖一石地拆掉，并在废墟上撒上盐水，让这里永远寸草不生：傲慢的迦太基，竟敢与罗马帝国抗衡二百年，且险些推翻罗马帝国统治……你休想在这片废墟上再生。

维特鲁威仿佛仿佛听到了居民们当时的叫喊声，他们宁愿扑向火焰冲天的废墟，也不向征服者投降。迦太基的最后一位将军阿斯特吕巴尔求饶了，遭到妻子愤怒的咒骂，她带领孩子和最后一千多名战士，毅然跳进了已成火海的军火库。

“咱们快走吧，领事在等着呢！”

士兵将维特鲁威从幻想中唤醒。

*

马利尤斯领事一把推开副官递给过来的装着水的羊皮袋，转身望着刚刚出现在石板路上方的那几个人。

“终于到了。”他一边自言自语，一边朝他们走去。

被晒得滚烫的卵石在他靴子底下“咔嚓”作响。他没戴帽子，身上只套一个皮护胸，腰间扎着白色宽带，头发差不多剃光了，露出青色的头皮。同伴们热得受不了，他却好像若无其事。

打了两年仗，马不停蹄地追捕反叛的朱古达国王，艰苦卓绝，但这些既没有磨灭他旺盛的热情，也没有压垮他健壮的身体，他站起来就像一座铁塔似的。

但马利尤斯并不是莽夫，他不想打持久战，时间拖得太长，对部队不利，于是，他进行了精心策划，慢慢收紧对朱古达的包围圈，切断这位古罗马曾经的同盟者和朋友与庇护者的联系，却不急于与他交锋，而是等到他筋疲力尽、孤立无援时才把他擒获。这场漫长而残酷的包围战非常成功，这将确保他在罗马的政治前程。没想到，朱古达在最后一刻，跟他做交易了。他今天正因此而来。可惜，他不能独享阶下囚所提供的信息，而不得不求助于那位建筑师……“没关系。”他看着越走越近的那几个人，心想，荣誉非他莫属。

两个士兵远远地站在一边。维特鲁威走向古罗马驻非洲的这个军官摘下遮住面孔的风帽，欠了欠身：

“你好，将军。”

两人对视了一会儿。维特鲁威的整个脑袋都露出来了，白白的皮肤与领事古铜的肤色形成鲜明的对比，稀疏的头发汗淋淋地贴在脑门儿上，汗水顺着突出的前额流到鼻尖，滴到松弛的脸颊上，一直流到满是褶皱的脖颈。

“我在等你。我已命令手下人开始挖掘了，他们挖了两天两夜，一刻没停。”

维特鲁威微微耸了耸肩膀，说：

“乱来!”

领事一惊，这个建筑师竟敢用这样的语气跟他说话。但他不想计较对方的态度，而是指了指山下。那个半圆形的山坡应该是古城墙的地基。

“根据我从朱古达那里得到的地图，应该是从那里开始，往前延伸一百来米。”

“那是埃斯芒墓地。”维特鲁威打断他，转身看着太阳的方向，说，“那是德非祭坛，权力的圣地。”

马利尤斯一脸不快地打量着他。

“将军，这些我都知道，”维特鲁威说，“你手下的那帮人乱挖一气，让他们下来吧！留十个你信得过的人就行了，就留你的卫兵吧！让你的参谋部也下来。元老院的人都在等你呢！况且你的人也累了，别再浪费时间了。”

建筑师转过身来，迎着领事咄咄逼人的目光：

“三天就够了，你不会白来的。”

他看了看四周，似乎想从白色石头里渗透出来的令人窒息的味道中嗅出点什么。

“我敢肯定，所有的东西都在。”他又补充说。

不等对方回答，这个小个子男人便欣喜若狂地向他刚才指点的那片废墟走去。

马利尤斯叹了一口气，小声嘀咕道：

“但愿朱古达讲的是真话。”

2

2014年6月，西班牙，巴利阿里群岛附近海面上

托马苏又检查了一遍背上几个瓶子的绑带、额前的顶灯和手腕上的压力表。头顶、船身和龙骨投下一片阴影，遮住了阳光。一条钢缆从海面的浮标通到离他一米远的地方，他抓住上面的滑动手柄，把它从轴上解下来，然后一扭腰，转身蹬腿，橡皮脚蹼扑打着水面，无声地激起一道道水波。他迅速下潜，以充分利用所携带的氧气。

*

现在，他的身体在寒冷的海水中游动，微粒与灰尘使水变得昏暗而沉重，光线越来越暗，最后只剩下一道青绿色的光晕。顶灯的光束难以穿透黑暗的海水，犹如车灯遇到了浓雾。三十米、四十米、五十米、八十米，触到前一天留下的标记时，他放慢速度，基本停下来，让自己适应一下这静寂的世界。他调了一下背上的气阀，瓶子里装着优质的混合气体。在这个深度，他使用的配方是百分之十五的氧气、百分之五十的氦和百分之三十五的氮。

很奇怪，他又产生了一种平静的感觉。每当这个时候，他就会想起小时候在苏格兰第一次潜入湖底的情景。那是一个漆黑的世

界，不知道哪是上、哪是下，到处都是软绵绵的水生物，其实这往往是水流造成的幻觉。由于什么都驾驭不了，心里会感到一种焦虑。他开始挑战这黑暗王国的时候才七八岁，他潜水是想消除别的恐惧——黑夜造成的恐惧。

他低头辨认沉船的巨大的黑影，腐烂的木头从海底的沙地中半露出来，就像一头被撕碎的动物露出了肋骨。不一会儿，他碰到了海底，于是便松开了导向的钢索。天长日久，沉船已腐蚀解体。他围着他所熟悉的两平方米大的地方游来游去，小小的塑料板上刻着该地段的地形图。顶灯的光线很弱，他要靠得很近才能看清这些小塑料板。

托马苏解开系在腰间的袋子，取出八只吊环螺钉、一卷尼龙绳和一把小锤子，把自己绑在安全绳上，然后摸索着来到沉船区域的边上，开始画格。花了十分钟做完这事后，他估计还可在海底再待十分钟，然后就得一边往上浮，一边慢慢地更换气瓶，变化他所呼吸的混合气体的成分了。明天，他们将几个人轮流工作，用挖泥船清除堆积在第一个方块里的沉积物。

他蹬了几下橡皮脚蹼，来到工地边缘。三百年前即1692年，这艘三桅战舰就撞碎在这里，由于太黑，激流又裹着沙子不断袭来，巨大的船尾很难看清。托马苏双手抓住顶部已被掀去的船舱，摸到一个窗框，游进船长的餐厅。他在一个巨大的洞前停了下来，这里应该是船板，下面就是船舱和弹药库。如果火烧到了弹药，那么在船触礁时，甚至在触礁之前，弹药库就已化为灰烬了。他闭上双眼，试图想象船突然倾翻时，船员们慌乱的情景和他们的叫喊声。当时，船长纪尧姆·德洛赞骑士会在什么地方呢？在这个船舱里还是在甲板上？在祈祷还是在抗争？托马苏睁开双眼，又往前游了一点，然后沿着右舷破损的楼梯下了几格，下面应该就是第一层甲板下面的船员休息室了。现在，伸手不见五指。托马苏停下来，调整自己的呼吸。多少人甚至没有意识到船已沉没到三四十米深的水底就已死去？他静静地体验他所熟悉的这种忧虑。

水流突然快速涌动起来，随之听到一个撞击声。可能出现的危险吓得他胆战心惊。他让自己落到海底，同时伸手去抓匕首。一个黑影从他头顶猛地冲了过去，然后又迅速地转过身来。他头上的顶灯照亮了一个血盆大口和两排锋利的牙齿。那奇怪的动物蜷缩着，圆鼓鼓的眼睛死死地盯着他，试图发起新的攻击。托马苏一边小心地退后，一边慢慢拔出匕首，贴着海底的沙子匍匐前行。那奇怪的动物最终没敢轻举妄动。

*

“是条海鳝！它在跟你开玩笑！看你那熊样！”

托马苏一手抓住橡皮艇的浮标，一手抓住朝他伸来的手臂，跃出水面。阳光照在他的面罩上，晃得他睁不开眼。他深深地吸了一口气。每次浮出水面，带有咸味的炎热空气都让他感到甜蜜而清新。

他靠着浮标，翻身入艇，摘掉头盔和面罩，看见头顶爱发牢骚、身体健壮的安托万时，他笑了。他的这个朋友，眉毛粗粗的、卷卷的，与黝黑的额头上一道道深深的皱纹很相似。安托万身上什么都大——耳朵、鼻子、脖子，跟他的性格倒是很协调。

十年前，他们在摩洛哥丹吉尔南部的一个发掘现场初次见面时，安托万粗暴的性格差点让托马苏吃苦头。当时，安托万是一个潜水小组的小头目，而托马苏还只是考古专业的一个小实习生，刚从牛津大学毕业，自我感觉良好，却无实战经验。安托万一开始就不喜欢这种眼高手低的人。

托马苏到达工地的当天，曾随手把一个烟头扔进海里，安托万火冒三丈，一把揪住托马苏的衣领，托马苏还没来得及弄清发生了什么事，就被扔进了海中。看到托马苏在水里寻找太阳镜的样子，安托万哈哈大笑。没想到，托马苏一上岸就向他冲来。托马苏可不是个软蛋，但他毕竟比对手至少轻三十公斤、矮十厘米。尽管如此，他还是毫不犹豫地猛扑过去，掐住安托万的脖子，最终四个壮汉才把他们俩分开。

然而，当天晚上，他们就和解了，一起喝苏格兰威士忌。两人都性格顽强，喜欢潜水，所以很快就成了好朋友。后来，安托万越来越欣赏托马苏的学识和才干，所以不仅教他开直升机，还把他当做亲兄弟。而托马苏一直遗憾自己没有兄弟，小时候缺了个可以打闹的伙伴。

在两人共事的那些年里，托马苏每天都看到自己忠实的伙伴在发牢骚，也天天见他开怀大笑。

眼下，安托万又开始抱怨了：

“有什么必要现在就划界和独自下潜？你还每次都不按时上来。你一旦被困海底，大家会在背后偷笑……”

“够了够了，安托万，别啰唆了。”托马苏对朋友的脾气了如指掌，啰唆半分钟后就会开始讽刺和挖苦。

他解开氧气瓶，脱下潜水服，顺势躺进舱里。安托万用眼角扫了托马苏一眼，朝艇尾弯下腰，重新发动了引擎。

托马苏提高嗓门，以盖过引擎的轰隆声：

“凡事要看好的一面。我们的进展一切顺利，沉船就在我们预测的地方，时机再好不过了，谁也别想从我们手里夺走任何东西。据我观察，船体完好的部位覆盖着大量的沉积物，至少有两层甲板和船舱的一半那么大。一半啊，你想想！”他激动地边说边挺起壮实的身躯。

安托万看着他，感到又可气又可爱：

“嗨，小伙子，别指望发大财。以我们现在的能力，得干上一辈子，否则……”

托马苏深蓝色的眼睛闪闪发亮，黝黑的肤色使他显得充满活力。

“悲观主义者。”托马苏开玩笑说。

五十来米远的地方，他们执行任务用的“朔风号”轮船正在海浪中轻轻地摇晃。那艘三十来米的船像一头沉睡着的巨兽，上面飘着一面意大利旗和一面苏格兰旗，下方是西班牙旗——出于礼貌，船经过哪个国家的领海要挂哪个国家的旗。船头甲板上停放着小型直升机，阳光照在上面，反射着耀眼的光芒。

风阵阵吹来，驱赶着炙人的炎热。

安托万看见托马苏用手将黑发弄得蓬松一些，以便干得更快。

看到朋友欣喜的样子，他也感到很高兴。

托马苏·马克·多内尔，今年三十五岁，自认为是个幸福之人。他很喜欢做一种练习，即在账上填写自己的盈亏状态，他填了多次，得出了这一结论。他成功地成了海底考古学家，装备了一艘船，在他看来，这已大大地弥补了账上的亏损。账面上，他负债累累，永远处于破产的边缘，个人生活也很糟糕，与所谓的妻子关系冷淡，老是要通过各种不寻常的办法才能见到五岁的女儿马蒂尔德；他与法国、意大利海底考古界的关系也很僵，这些都让他落下一个海盗的名声——不好听，但大家都这么叫。

不过这一切都无关紧要，他在巴黎国家图书馆和里斯本图书馆查阅了一年半的资料，发现有一艘荷兰双桅纵帆船于1693年1月12日从马赛出发，却始终没有到达目的地的。他又花了一年半时间，从葡萄牙的一个大学教师关于17世纪末地中海贸易运输统计的一篇小文章中找到了线索，并通过表面毫无关联的资料查证船上可能装载的货物，进而确认那些货物既非布匹，也不是油料，而是成吨的金子。这么多年过去了，谁也没有想到或者猜测到。

*

“看，好像有人来了。”

安托万的声音把他从梦想中拽回到现实。

橡皮艇放慢了速度，托马苏向朋友用下巴示意的方向望去。

前方出现了一艘悬挂着瓦朗斯省政府旗帜的快艇，上面似乎空无一人，打开的舱梯表明艇上的客人已经上船。

托马苏放下望远镜，不解地撇了撇嘴。

“他们想让我们干什么？”安托万把速度放得更慢，问道。

托马苏没有回答。事情快做成时，行政当局幽灵般地出现，他觉得不是个好兆头。在这一行里，不诚实的竞争对手或腐败官员搞的阴谋诡计，他见得太多了。他后背发凉，心里有些不安。

橡皮艇拖着一道白色的航迹，绕到大船后面，驶近右舷，停靠在船边。

3

随着黑夜降临，风停了。漆黑的天空下，“朔风号”一动不动地停在海面上。托马苏站在甲板上，两手插在口袋里，心里久久无法平静。西班牙海关人员已经离开一个小时，但他仍气呼呼的。为了避免跟挑毛病的官员们发生冲突，他竭力克制着自己，但实在忍不住了。巡逻艇上的那个指挥官不冷不热的声音一直萦绕在他的耳际。“也许他们没让你们填表格，”那个官员头歪着头，阴险地说，“但这是必须填的。我不能认为你们已经填了……”

身后响了脚步声，他知道是安托万来了，便叹了口气，转过身去，想强作欢颜，却怎么也笑不起来。

安托万用布擦净满是油污的手，不解地扫了托马苏一眼。托马苏猜不出安托万是为他们的发掘工程，还是为他的精神状态感到不安。

“至少，发动机千万别坏了，”安托万说，“这种声音真让我感到担心，我怕发电机坚持不了多久，下面的机房里热浪滚滚！”他边说边擦着额头上的汗水，结果在眉毛上方留下了一条黑痕。

托马苏点了点头。安托万把抹布塞进裤兜里，问：

“对刚才的那帮人，我们该怎么办？”

托马苏搓了搓双手，回答说：

“你想怎么办？我们有权发掘，有盖满公章、有效期为三个月的独家专营证，得到了西班牙、荷兰和法国行政当局的认可。没有比我们更符合规定的了……可这些家伙还来找我们的麻烦。”

“你觉得这是不懂业务、官僚作风还是别的什么更糟的原因?”

托马苏不由自主地轻轻拍了拍栏杆，低头看着下面翻滚的海浪:“我怕的是哪个竞争对手，听说我们在寻找沉船，便来插一杠子，企图来抢我们饭碗的对手。总之，我只知道等下去没有好处。如果停下来，我们的损失会非常惨重。”

他严肃地说:“假如这种游戏继续下去，我不认为我们亲爱的银行家还会资助我们……他妈的，想起这些幕后交易我就生气!我们已经胜利在望，离你我等待多年的成功不远了。只要找到那些东西，我们死也安心了。不能因为晚了三个星期就让一切都功亏一篑，那样我们会破财、破产的。”

他说着说着又冲动起来，问:

“没有别的坏消息了吧，或者是好消息?快说吧!”

他本想开个玩笑，但没有开起来。

“不知道，”安托万有点尴尬，“不过，有个英国律师今天给我打电话，好像急于让你给他回话。他刚发来这东西。我从底舱上来时，在驾驶室里发现的。”

托马苏看了看安托万迟迟疑疑地递给他的传真，在苍白的月光下，他意识到好日子马上要结束了。

“就这样吧!”他神情忧郁地说了一句，然后朝驾驶室走去。

*

“马克·多内尔先生吗?我叫约翰·洛厄尔。很高兴听到您的声音。”

卫星通讯的信号很好。那位律师的英语非常地道，声音响亮。托马苏把电话听筒放回机座，打开了免提功能:

“谁把我的名字告诉您的?”

“是我的客户。他很关注海底考古的情况，这个圈子不大，人才奇缺……”

托马苏双手放在操纵板的斜面上，用脚控制着仪表板:

“先生。我忙了一整天，很想休息一会儿。”

“好好，当然。我的客户……”

托马苏装着满不在乎的样子，问：

“您的客户是……”

律师犹豫片刻，然后答道：

“这无关紧要。我的客户不希望公开他的姓名，至少现在如此。他很想把一项秘密搜寻任务委托给您。任务很有趣，报酬也不错。”

托马苏把身边固定在地板上的椅子转到自己一边，说：

“我眼下有一个工地。”

“恕我直言，一个难以为继的工程。”

托马苏冷冷地说：

“您是说……”

“我的意思是，”律师接着说，“大家都知道您缺乏资金。研究已让你负债累累，您所处的环境非常残酷。”

这位神秘的来电者叹了口气，又说：

“这么说吧，我让你去散散心，几个星期或几个月，然后您再浮上来（托马苏不想计较这双关语），轻松地继续您的工程。”

托马苏有点不相信：

“为什么这么仓促？”

“这里面有许多紧急、机密的东西。我想，您应该也……预感到了。”

洛厄尔字斟句酌，在每个形容词后面都难以觉察地停了停：

“您是一位能人，大胆勇敢……”

托马苏心里暗暗地替他补充说：“讨厌、孤独、债台高筑、信誉扫地，所以对别人构不成威胁，无法到其他地方去哭诉。”

“要是您能到伦敦来见我，这些我们都可以面谈。”律师诙谐地说，“当然，越快越好。这种事情不能在电话里说，我打这个电话，主要是想核实一下我所了解的情况是否正确，并想知道您是不是有兴趣。”

“您从谁那儿得到的这些信息？”

“马克·多内尔先生，您有很多敌人，还有不少人会毫不犹豫地说您的坏话，不过，也有人夸奖您……”

托马苏不动声色地问：

“比如说……”

“比如说，杰里米·鲍德温，驻巴勒莫的英国领事就没少说您的好话。他向我保证说，您工作认真、守口如瓶。”

托马苏没有马上答话。他上次与杰里米见面已是几年前的事了。那是他父亲最要好的朋友之一，他们同是外交官，都当过英国特工。不知为什么，也许是平时事情太多，这几年，托马苏跟杰里米以及年轻时的很多朋友都中断了联系。现在，杰里米用自己的信誉来帮助他，也许是他在远方想到或知道了自己在资金方面遇到了困难……

老朋友的信任既让他感到吃惊，也让他有些激动，他竭力掩饰自己的情绪：

“你我所说的资金，是同一个概念吗？”

托马苏想，对方听了一定会笑。

“不。”

洛厄尔停了一会儿才继续说：

“我们要谈的不止这些。您现在的债务已高达五十万英镑，是吗？”

托马苏感到后背一阵发凉，但没有说话。

律师说：“我们不仅可以消去您的债务，还会让您挣很多钱……”

*

托马苏离开驾驶舱时感到嘴里有一股异味。一切都来得那么快！先是体验到了潜水的快乐，接着又感到了沮丧，因为只要再晚一点就有可能葬送眼看就要实现的梦想。现在，又来了一个电话，给他带来了新的希望。一个小小的希望，但他想抓住它，不想放过。再说，他也别无选择。这是一个意想不到的机会。

他马上给杰里米·鲍德温打了电话。重新听到那个有点拿腔拿调的声音和始终厌烦的语调，他心里有些激动。

杰里米已经知道他的事情，好像他们昨晚才见过。他告诉托马苏，他一直在等这个电话，并说，有个律师，他本人并不认识，通过他在伦敦俱乐部的一个会员找到他，打听托马苏的情况。

托马苏热情地感谢他，然后又跟他说了说自己目前的情况，但没有细说遇到的困难，因为他想杰里米肯定知道。最后，他邀请鲍德温去巴勒莫看他：

“你会发现，海底考古没有比这儿更好的地方了，你会喜欢上这里……”

安托万正在等托马苏。他嘴里叼着烟，仔细地检查拴在甲板上的小艇的缆绳。听到门开了，他转过身，深深抽了一口，然后把烟在船舷上捻灭，塞进口袋里。

这个动作没能逃过托马苏的眼睛，他忍不住笑了。

“怎么样?”安托万不安地问。

托马苏停了一会儿，回答说：

“我不知道那个人是不是老天爷派来的，也不知道他是不是真的，也许，他掌握着我们的命运，只有他能救我们……”

说着，他指着船尾平台，问：

“直升机没问题吧？我明天要飞一趟伦敦。”

4

让-克罗德·布鲁伊下士叹了口气，换岗之前，他还得在巴黎冰冷的夜里站五十四分钟的岗。旁边，波旁宫广场已经沉睡，窗里的灯一盏盏熄灭了，勃艮第路的路口变得漆黑一团。一辆深色轿车飞快地经过国民议会大厦，没有减速，但司机在大学路与荣军院广场的十字路口遇红灯停了下来，作为警察他这才放下心来：还算懂得遵守交通规则。他无聊地在心里数着数：

“一，二，三，四……”

数到“三十”时，他轻声说了声：“绿灯”。绿灯亮了，他脸上露出难以察觉的笑容。那辆车重新开动，先是穿过广场，然后转向拉图尔-莫布尔大道。离换岗还有五十一分钟，他继续看着红绿灯：红、绿，红、绿……

透过后视镜，深色轿车里的乘客看着渐渐远去的国民议会大厦。司机加速时，乘客弯腰拿起放在脚边的一个黑包。他轻轻拉开拉链，从里面取出一个灰色的金属盒。这时，司机放慢速度，把车停靠在荣军院旁。乘客拉开一支小天线，两个黑色按键上的黄灯亮了。他按下一个键，倒吸了一口气，一秒钟后，又按下了第二个键。

一声巨响震动了夜空，爆炸声与碎玻璃飞向空中的“嗞嗞”声混在一起。国民议会大厦前的警岗亭在爆炸气浪的冲击下剧烈摇晃，被震蒙了的布鲁伊重重地摔倒在布满玻璃碎片的大道上。他挣扎着抬头朝大门望去，远远看见议会大楼的台阶被炸出了一个大洞，不断冒着浓浓的黑烟。耳边响了警笛声，他两眼一黑，晕了过去。

*

记者盯着监视器，向直播室说："准备完毕。"

"十秒，"一个声音在黑暗中说，"五、四、三、二、一，开始。"

主持人进入了状态：

"各位观众晚上好！今晚的头条新闻：三刻钟之前，国民议会大厦发生了爆炸。爆炸十分猛烈，据初步观察，半圆形会场四周已遭毁坏。炸弹好像是在会议室和大厅之间的过道里爆炸的。大家从记者刚刚拍到的照片上可以看到，爆炸造成的损失可能相当严重，值得庆幸的是无人员伤亡。现在连线我们在现场的特派记者瓦莱里·吕穆里耶。瓦莱里，有关于爆炸的最新消息吗？"

"晚上好！现在还没有什么新消息。我们无法接近爆炸点，因为国民议会大厦四周已被封锁。这起爆炸是恐怖袭击还是意外事故，现在定性还为时尚早，尽管爆炸发生后迅速赶往现场的调查人员似乎倾向于第一种假设。另一个重要消息是至少有一人不幸重伤，是当时在国民议会大厦前执勤的警察。由此可以看出爆炸的威力，因为事发时这名警察距爆炸点有几百米。几分钟前刚刚赶到现场的内务部长拒绝就此事发表评论……"

"谢谢，瓦莱里，有什么新消息请随时联系我们。下面，我们来听听多年来领导反恐活动的菲利普·布朗科尼先生的看法。布朗科尼先生，大家都想知道……"

*

内政部长穿着衬衣，在铺着地毯的房间里踱来踱去，没有看一眼低着头站在他面前的五个高级官员。他搓着双手说道：

"太猖狂了，竟敢炸国民议会！议会主席怒不可遏，我不想把他让我捎给你们的话说出来。我不期望陪审团祝贺我们，但他们绝对不会手下留情。先生们，我知道你们在想些什么……”

警察局长扫了一眼正盯着墙上挂毯的国土保卫局局长。

“……国民议会不是有一位军事长官，而且院子里不是布满了宪兵吗？很清楚，他们要承担责任！但我想告诉你们，我对谁该承担责任不感兴趣，我只想尽快知道调查结果。好了，大家分头行动吧。啊，对了，还有一件事，爆炸造成的详细损失如何？”

“国王厅受损严重，”警察局长汇报说，“半圆形会场也遭到破坏，一半坐席被毁，没有倒的墙壁恐怕也不牢固了。厅里的柱廊受到爆炸气流的冲击，两根柱子有倒塌的危险。至于大门，被炸了个洞……炸弹似乎是安放在国王厅廊柱边的一条长凳下。那条廊柱，在国民议会最近的翻修工程中，人们曾多次提到。”看到内政部长露出不耐烦的表情，局长马上停了下来，然后补充说：“这也许与爆炸事件毫无关联。那根柱子看起来像女像柱，不过，有人发现，在最近的翻新工程中，它被改动了。以前，像柱上的人看着右侧，朝大门的方向，而现在，却看着左边……”

部长的眉头皱得更紧了：

“别给我上艺术课。后来呢？”

“调查还没有什么结果，部长先生。警方的技术人员已到现场，整个出事地点已被封锁。我们想首先确定爆炸的性质以及引爆的装置。现在还没有人声称对此负责，也没有人发出明确的威胁，但防暴警察一直处于待命状态……”

5

机长在广播里通知说，飞往伦敦的这架飞机已开始下降。托马苏没注意听，他盯着眼前的小屏幕，看着上面难以置信的画面：巴黎市中心浓烟滚滚。他想，这个画面可能是从出事地点的对面，克里永饭店的屋顶拍的，因为英国BBC的记者指着身后的波旁宫正门，大门已炸坏，警车闪着警灯纷纷赶来，托马苏听见坐在另一侧的法国乘客也大呼起来，他回想起自己曾多次经过通往协和广场的桥，从那座高塔前走过，很难想象它会在瞬间消失。太疯狂了！他脑海里涌现出“9·11”的画面。可记者说那只是炸弹爆炸，并非自杀式恐怖袭击。肇事者选择在没有会议的深夜动手，所以没有造成更大的人员伤亡。

托马苏突然觉得这太可笑了，自己用生命去抢救那些眼看就要消失的国宝，却有人却热衷于搞破坏。这些破坏分子是些什么人？是什么动机驱使他们这么干的？

电视里翻来覆去地播报这一事件，却没有什么新消息。托马苏烦了，摘下耳机，看着舷窗外。飞机越来越接近英国首都，阳光正照着飞机的右翼。

机场里加强了海关与入境检查，托马苏用的是英国护照，所以没等多久。他提着一个小旅行包，去坐地铁，半小时后便来到了皮卡迪伊大街的中心。

他看了看表，发现自己提前了两个小时。前面便是格林公园，草坪上绿草茵茵，只是其间有几个黄点，那是游客坐后随便扔在那里的长椅。有几个人坐在椅子上读书，起风了，他们很快都离开了。远处，马布尔拱门上空乌云翻滚，可能要变天。

这情景让托马苏想起了小时候，他也曾这样经过这个公园，好奇地看着那些坐在椅子上看书的人，不愿离开。爷爷有力的大手使劲拉着他，他不得不走。他走到铁栅栏旁边，以前跟伊莎贝尔来过这里，妻子喜欢伦敦，他们一起逛公园，根本不在意躺在椅子上看书的读者。可后来，他们是怎么产生了隔阂的呢？这问题太让人痛苦，他不愿意再想下去。

托马苏抬起头，又犹豫了一会儿，然后才穿过公园，朝另一方向出去，沿着白金汉宫走了一段，然后改道前往切尔西，经过自然历史博物馆，转身走上克伦威尔大街，这时，他才放慢脚步，还有一百米。他看见了那座房子，维多利亚风格的白色门面，突出的窗户，左右不对称，挨着铁门栽种的三棵大树把屋顶挡住了一半。房子很高，他小时候想象不出还有比这更高的房子了。托马苏并不留恋这个他住过三年的地方，觉得爷爷把它卖掉是对的。

他扭头看了看人行道，用脚尖踢走一根被风刮落下来的小树枝，然后头也不回地朝相反的方向走去。

*

在威斯敏斯特，约翰·洛厄尔律师是个名人，他的办公楼在一条死胡同里，出去就是维多利亚大街。这座私宅一点都不起眼，好像要被两边比它现代的建筑压扁似的。托马斯按了一下铜门铃，随着悦耳的铃声，蓝色的大门无声地开了，女秘书把他请了进去，把他领到一个富丽堂皇的客厅里。

托马苏在静悄悄的客厅里等了十分钟。他很喜欢屋里的装饰，回想起小时候，有时会陪父亲去俱乐部开会，在那里也能看见这样的绘画。他正在欣赏着墙上的一幅描绘海战的古画，突然觉得身后有人走了过来。

“哈姆凯特勋爵把‘瓦伦西娜号’围困了两个多星期后，终于发起了进攻。”托马苏听出是律师约翰·洛厄尔的声音。

约翰·洛厄尔握着镀金的圆形门把手上，出现在门口。

“1807年5月12日，在特拉法尔加尔角，法国人试图突围。这幅画画的就是勋爵从后面不到三十米的地方巧妙接近船尾，向敌人开火，然后掉过头，朝左舷射击，这次几乎是短兵相接。最后，他们抛出铁钩，发起攻击，很快就结束了战斗。”他边往前走边补充说，“因为法国人还没打到最后，船就沉没了，船中了两炮，船身几乎炸烂。失去了到手的战利品，英国人非常气愤，据说，哈姆凯特勋爵好不容易才让他们平静下来。”

律师继续往前走，同时微笑地伸出手：“很高兴见到您。”

他说话很快，根本不容托马苏回答。

托马苏打量着律师。洛厄尔穿着深灰色的纯毛西装，袖口的纽扣没扣，露出里面量身定做的衬衣，蓝白条纹相间的衬衣配上橙色领带，显得非常得体。他那稀疏的白发，很难遮住已经秃顶的脑袋，粉红的脸上架着一幅宽大的玳瑁眼镜，露出贪婪的笑容。律师高高瘦瘦，可以说很骨感，好像一只涉禽。托马苏跟他走上豪华的小楼梯，穿过大厅，去他的办公室。他步伐轻盈得让人难以想象，托马苏估摸他应该有六十岁了。

“请坐。”到了宽敞的办公室，律师指着一张豪华的黑色沙发，对托马苏说。

托马苏发现，这里布置得像家中的客厅，而不像办公场所。

律师打开柜子，取出两个酒杯。

“白兰地还是威士忌?”他问，然后不容分说地拿起金黄色的瓶子，“当然是威士忌。您是苏格兰人。我没说错吧?”他边说边走到托马苏跟前。

“说对一半，”托马苏纠正道。看到律师从镜片后面投来惊讶的目光，他补充说：“我是半个苏格兰人。”

“穆尔岛的名酒，”律师边往酒杯倒酒边说，“1992年产的，那是一个幸福的时代，酿酒还用蒸馏。在我看来，这才是它的价值所在，尽管别人认为这有点土气。”

律师的目光非常锐利，托马苏与他对视片刻，然后接过对方递过来的酒。

“谢谢，但我想您让我到这里来不是来谈威士忌吧？”

律师叹了一口气：“当然不是。”

他给自己也倒了酒，望着酒的颜色，将酒杯举到眼前，晃动了一下，得意地欣赏着着留在杯壁上的酒迹，喝了一口，然后放下酒杯：

“您的到来与一个棘手的案子有关。”

“我想再问一遍，”托马苏说，“为什么找我而不是别人？”

律师目光炯炯地看着他：

“因为您能干，非常能干，能从海底捞针；因为您需要钱，想加快您的工程进度；因为您勇敢，雷厉风行，三天就能动手，别人起码要比你慢一倍。最后，还因为我相信您能按要求保守秘密，也就是说，绝对保守秘密。”

律师的目光越来越咄咄逼人：

“马克·多内尔先生，我们都知道得很清楚。我不想玩猫捉老鼠的游戏。一个偶然的机会，我得知了您的……”律师斟酌了一下字眼，“难处，所以，您成了我们实现这一计划的最合适的人选。您不是急需资金吗？我们可以给您提供。事成之后，我不会再对您的任何事情感兴趣，更不会过问您自己的计划。我不会再利用你，任务一完成，您就跟我和我的客户都无关了。至于报酬，您可以任选一家银行，我们一次付清。”

律师放下手中的酒杯，双手合十，像是做祷告。

“要知道，了解未来合作伙伴的情况是很自然的事情，况且，我们委托他去完成的任务又是那么重要。”律师的声音柔和起来，“我知道您的身份，了解您的家庭，知道格伦加里的马克·多内尔家族曾有两名勇士为拯救苏格兰而献身，第一个死于1430年，第二个于1745年战死在库洛登；我还知道您父母和祖父母的历史、家庭财产以及抵押财产的数目……”

“任务合法吗？”托马苏打断了对方的话，他想让自己的声音不带任何感情色彩，但冷酷的语调还是暴露出他有些不耐烦，不想再听下去。

律师晃动手里的酒杯，仰躺在椅子里：

“我知道您会问这个问题。当然，我们想委托您去完成的任务是完全合法的，只是，一要严密，二要迅速。这关键的两点您不会感到吃惊，其原因也与您无关。让我告诉您吧，您曾卷入一件丑闻，并因此而被迫离开了法国文化部的考古中心，这让我们的团队在选择你的时候曾有所顾虑。最后之所以还是选择了你，道理很简单：我们已经弄清您是被冤枉的。您太老实了，不该承担的责任也承担了。”

接着，他好像想跟托马苏套近乎：

“但您很了解法国那些当官的：同一部门的人是不会相互指控的……”

托马苏说：

“你们竟然找一个像我这样穷途末路的人帮忙？”

律师眯起双眼：

“直奔主题吧！关于迦太基，您都知道些什么？”

*

伦敦的午后，阳光开始西斜，大街两旁建筑的影子被拉得很长。到了夜晚，华灯齐放，这座城市会显得比白天还要热闹。托马苏低头扫了一眼放在茶几上的蓝色案卷，律师刚刚离开，他的助手催促他去接一个多次打来的电话。

托马苏翻开约翰·洛厄尔讲了很久的那个案卷。第一部分回顾迦太基的历史，那个布匿人的城市与古罗马为敌，双方对抗长达数十年，公元前260年至147年间，它们之间曾发生三次战争，严重威胁到了古罗马的霸权。那些旷日持久的战争性质不明，但著名将领汉尼拔的远征大家都知道，他兵临罗马城下，差点灭了古罗马，所以古罗马人以极其残酷的手段结束了这场百年战争：屠杀和奴役民众，将建筑物夷为平地，盐渍土地，把迦太基从历史抹去……

“这是对考古学家的一个挑战。”洛厄尔面带微笑地说。

案卷的第二部分概述了自19世纪以来，在迦太基进行考古发掘的主要阶段。初期的发掘差不多可以说是一种掠夺，英国人、荷兰人、法国人都加入了。托马苏在安贝尔中校的资料上停留了一会儿：安贝尔是荷兰建筑师，生于莱德，在迦太基待了八年，主持多场发掘工作，发现了不少文物——我们在曼彻斯特和莱德的博物馆见到的那些神秘石碑，就是他发现的。案卷中有几张照片，可以看到，石碑上刻着神秘的文字，线条精致，时而为优美的曲线，时而为几何图案。

安贝尔是第一个重要的发掘者，1827年，他离开那里后，法国人，尤其是一批打着博物馆旗号的神职人员便接替了他，其中的德拉特神甫曾在1870年至1881年期间倒卖文物，造成数千件重要文物流失。

看了案卷，又听了洛厄尔先前的介绍，托马苏逐渐振奋起来。

案卷后面的内容与他已经开始的发掘有直接关系。

1867年3月12日，一艘商船在突尼斯海域沉没，船上的所有古玩都消失在深海区。报刊上说，这是天谴，并对船上装载的货物、在古遗址发现的石碑和迦太基神殿大肆渲染。确实，出事当天，海上风平浪静，作家梅里美曾为此写过一篇文章，对这些运往卢浮宫的宝物的消失感到惋惜，认为这对考古研究来说是巨大的损失。

办公室的门开了，洛厄尔的细长身影闪进来，把托马苏带回到现实。洛厄尔嘴里叼着雪茄，整个人裹在灰色的烟雾中，似乎有些不安；但他马上就转变了态度，试图掩饰自己流露出来的忧虑，不过，他古铜色的脸已不再扬扬得意。

“我们遇到一个麻烦。”他终于开口了。

托马苏不解地望着他：“麻烦？”

“我们必须取消……这么说吧，推迟我们的计划。”

托马苏从座位上跳起来。

“什么？”他不客气地问，“您不是在开玩笑吧？我匆匆从瓦朗斯赶到这里来听您指教，又花一下午时间来研究您的计划，可您却说变就变……”

他停了一会儿，控制住自己的情绪：“究竟是怎么回事？谁给您打的电话？”

“马克·多内尔先生，”律师强作欢颜，“我的同胞对您怀有可笑的偏见，但我不想向他们让步，只是，如果您身上没有苏格兰人的那种……”

律师虚张声势的腔调让托马苏更火了，他打断对方：“您不是很着急吗？我也一样。还是让我们结束这场假面舞会吧！”

律师抽了一口雪茄：“我理解您的不愉快，很抱歉。正因为您不可多得的优点，我们才选中了您。可我们遇到了意外情况，所以刚才有人打电话提醒我。总之，是一个棘手的问题，我怕它会给我们的计划带来很不利的影响。在这种情况下，您也明白，您的个人利益也会——我该怎么说呢？——‘受到轻微损失’。千万别以为这是在找您的麻烦。”

托马苏很生气：“您是在耍我？您让我放下手中的一切火速赶到伦敦，突然就什么事也没有了？”

律师伸出双手，做了个平息下来的动作，“不要这么想，我……”

“我不管您怎么样，我要跟您的客户讲话。”

律师冷冷地说：“不可能。”

“告诉我是谁。”

“办不到。”

“您要是不打算赔偿我的损失，我就不离开这儿。”

说着，托马苏看了看表：“反正，我已错过了最后一班‘欧洲之星’。我有的是时间。”

律师吸了一口雪茄，转身把烟放在灰色的大理石烟灰缸里，然后指着沙发让托马苏重新坐下。

“听着……”他自己也坐下来。

突然，一声巨响，吞没了他没有说出来的话。托马苏看见窗户飞了起来，便本能地低下头。整个房间好像都被掀了起来，墙也在晃动。他张开嘴想喊，却出不了声，胸口受到重重的一击，人被气浪往后抛到墙上。他疼痛难忍，喘不过气来，好像有人往他嘴里灌满了沙子，脑袋也被炸开了。接着，他眼前一黑，一头栽倒在地。

6

一股热乎乎的液体顺着他的脸颊往下淌，托马苏想张开嘴吸气，结果咽下了一口有血腥味的尘土，差点窒息。他又试着活动自己的右手，动不了，整条胳膊都疼。他咧了咧嘴，使劲睁开眼，耀眼的光亮让他眼花缭乱。他吃力地挣扎，墙角板好像在面前晃动，他又闭上眼睛，想休息一下，宽大的黑沙发横在他面前，半压在他身上，像一道屏障保护了他，不但减缓了爆炸气浪的冲击，还挡住了飞溅过来的碎玻璃。屋顶掉下的一块石膏板以及散落在周围的碎块卡住了他的右手腕，他费了好大劲才蹲起来，想用尚能活动的左手搬走压在右手上的重物。他的裤子和衬衣都破了，鞋也丢了一只。终于，他抽出了右手，但手腕到肩膀都疼，而且无法弯曲，好在伤口不深，也没有骨折。他摸了摸脑袋，看看头部是否受伤——头发又湿又黏，沾了他一手血。他站起来，慢慢地朝壁炉挪去，壁炉上方挂的镜子碎了，上面满是尘埃。他小心地擦拭着镜面，在微弱的光亮中，破碎的镜子里出现出了自己的好几张脸。他用手翻起头发，发现额头上方的头皮裂了一道口子。

“天哪，这是怎么回事?”他低声地自言自语。

他不知道自己昏迷了多长时间，下意识地低头看了看左腕上的表，发觉指针已停止转动。他十分恼火，转身寻找座钟。

这时，他看见洛厄尔仰面躺在窗对面，瘦长的身体姿势奇特，胳膊和大腿四下摊开，活像一个被遗弃的木偶。律师的喉咙被玻璃碎片划破了，血沿着地板摊开一大片。托马苏费力地吞咽了一口唾沫，力图回忆起最后一刻发生的事情。他们在说话，他坐在长沙发上，律师坐在他对面的一张椅子上，突然……

托马苏想走过去，但双腿发软，这时，报警声打破了楼内奇怪的沉寂。托马苏竖起耳朵，但大厅里既没有喊声又没有脚步声。从破碎的窗户里吹进来的空气温暖而柔和。他看了看手机，但没有信号，拿起座机，也没有声音。他走到门口，打开门，走廊上也是一片寂静。蓝色的地毯上满是尘土，天花板有些地方也已经塌落。

“有人吗?”

他的声音从远处弹了回来，他这才意识到，之所以听到这“嗡嗡”的声音，是因为自己的耳膜被震坏了。

他稍停片刻，更大声地喊：

“有人吗？喂，有人吗?”

回答他的是一声令人毛骨悚然的“哗啦”声。他抬头一看，原来是屋顶破了个大洞。托马苏沿着墙，来到走廊的门边，轻轻推开，按了电灯开关，灯没有亮，但他看到了盥洗盆和另一扇门，也许里面是卫生间，他想。他打开水龙头，把头伸到冰冷的水下，轻轻地搓洗沾着血迹的头发。伤口在凉水的冲洗下阵阵刺痛，但凉意使他清醒了许多，他那只麻木的手也恢复了知觉。

他坐在方砖地面休息了片刻，最后决定回到刚才的楼层。他靠着门框，看着空无一人的办公室，觉得自己不应该待在这里不动，这时，他的目光落在一个闪动着的绿色的光点上。他绕过一把被炸破的椅子，踉踉跄跄地又往前走了一步，来到办公桌旁。被掀翻的桌椅上落满了玻璃碴儿，布满尘土的地上到处都是破碎的文件，但电脑的显示器仍在办公桌上。托马苏用手背扫去破纸和碎石膏，半埋在底下的电脑键盘露了出来，他惊讶地发现，刚才看到的绿色光点，原来是键盘上方的二极管。电脑没有停止工作，只是切换成电池供电，闪烁的光点表明它处于待机状态。托马苏找出鼠标，把它放在桌上。

“哎哎，你现在可别瘫痪……”

电脑在重新工作前发出轻轻的响声，屏幕的光亮随后倒映在破碎的镜子里。托马苏扶起旁边倒下椅子，坐了下来。洛厄尔的电脑自动打开了电子邮箱，托马苏点击“进入”，慢慢往下找，浏览右边窗口每个邮件的标题，其中大多数为回复，他一个名字都不认识。他想了一下，然后在搜索栏中输入了“马克·多内尔”，闪烁的小计时器出现了。五秒钟后，出现了一大串邮件。托马苏把脸凑近屏幕，点击第一封邮件，接着是第二封、第三封。他查看了一下桌下的打印机，看是否还能用，想打印出有关的邮件。接着，托马苏又点击“通讯录”，拖动光标，想寻找他想找的那个名字。他把通讯录也打印了出来，然后把所有材料叠好放进裤兜，关闭窗口，站起身来。

*

伦敦的市中心一片混乱，从办公室里出来的上班族，由于没有地铁，只好步行回家，至少也要离开这个被“呜呜”乱叫的警车和救护车包围的街区。大街小巷里到处都是行人，各处的急救站都在抢救伤者，警察正在设路障，以方便救护车进出。大部分行人都没有受伤，但人们看见浑身是血的托马苏也没有感到吃惊。托马苏轻轻地推开想要帮助他的救护人员，让人流一直把他推拥到威斯敏斯特广场。他靠在议会大厦的护栏上休息了一会儿，前方已不能通行，大火正在楼内燃烧，熊熊的火焰从窗口蹿出，附近的建筑物好像都挨了炸。大笨钟的钟楼倒了，压垮了一片房屋。托马苏被眼前的场景惊呆了，觉得像是出自某部灾难片。这种恐怖的景象让他产生了一种幻觉，好像那些大楼并不是真的用钢筋水泥造的。他难以接受眼前的事实，心“怦怦”直跳，像要从胸口蹦出来。他竭力控制住自己的情绪。周围还有几十个行人，有的扎着绷带，有的衣服被撕破了，都呆若木鸡地站在那里，双手紧紧扶着混乱中临时安放的铁护栏。救护人员跑过来，其中一个匆忙之中把托马苏撞倒在护栏上，却没有停下脚步，只是转身做个手势表示歉意。托马苏站稳脚跟，看着他消失在河边。

不一会儿，托马苏绕过广场，来到泰晤士河畔，穿过伦敦桥。两个小时后，他总算精疲力竭地回到了酒店。电话还是接不通，他只好给妻子和安托万各发了一个邮件，然后倒在床上蒙头大睡。

*

黑夜里，电话铃响了两声，把托马苏从睡梦中惊醒。他摸索着寻找电话机，转动身子时弄疼了受伤的肩膀，才想起了前一天晚上发生的事情。他咧着嘴，拿起听筒，听到电话里那头传来安托万的声音时，他很高兴。

"天哪，你在哪儿？还好吗？我都快担心死了！"

他一手拿起听筒，以便能架着双腿坐下说话。他头昏眼花，好像身上到处都是青一块紫一块的。

国际酒店里的这个房间，里面的装饰很讲究，但很庸俗——蓝色的地毯和窗帘、镶木饰品、平面电视，让他感到一切都很虚幻。

"还好，我基本完好无损。"他觉得自己的声音像是从墓地里传来似的。沉默片刻之后，他又说："全城处于战争状态，真是不可思议！你无法想象。我亲眼看到大笨钟倒在广场中央，建筑物在燃烧……"

安托万打断他的话："基本完好无损是什么意思？"

"我不明白发生了什么事。你应该知道得比我清楚。爆炸时我正在洛厄尔那里，不知过了多长时间我才苏醒过来，身上有两三处伤，后来我便回到了酒店。"

安托万的声音有点不安："场面非常可怕，好像是在贝鲁特……或是'9·11'……他们说是议会大楼内部发生了爆炸，停车场里许多汽车被炸毁……继巴黎爆炸事件后，那帮家伙正蠢蠢欲动，可是……"

托马苏叹了口气，他一边听安托万说话，一边站起来，用脖子夹着话机，以便脱掉沾满血迹的衬衫。看到镜子里自己的模样时，他吓了一跳：血不知不觉地又顺着额头和脸颊往下淌，衣服上也到处都是红色的血迹。他抓起遥控器，打开电视，调至BBC国际台，破损的大笨钟占据了整个画面，下面的字幕写得很清楚："伦敦爆炸"。

安托万沉默了一会儿，又问："他对你说了些什么？"

"他想委托我们发掘一个地方，他的一个客户出钱，出价很高。很不错的买卖。”

“在什么地方？”

“突尼斯海岸。相当远，远得他们不会老来烦我们。究竟是在什么地方，我也说不清楚，但据我所知，不算太深，当然我不知道详细情况，他们并不傻。他先是告诉我，如果一切进展顺利，下周就把地形资料给我……”

安托万急忙打断他：“什么时代的？”

“1874年的三桅战舰，满载着迦太基古董。是卢浮宫租用的船，可再也没有浮出水面。”

安托万又停了一会儿，然后半信半疑地问道：“你刚才为什么说是很不错的买卖？”

“他花了几个小时给我解释这项工程，可接了一个电话后，转眼就改变了主意。他出价很高，想马上就动手，可很快又推翻了一切。就在那时……”

托马苏听出朋友很失望。

“他没跟你解释为什么？”

“没有，我对他说，我想找他的客户谈。”

“他告诉你客户是谁了吗？”

托马苏叹了口气：“没有，他死了。”

安托万大声问道：“他怎么了？”

托马苏跌坐在床上：“洛厄尔死了。别人都逃出来了，他却被碎玻璃扎死了。”

“噢，他妈的！”

“不过，我找到了那个客户的名字，他住在巴黎。我一离开伦敦，就准备去找那个人。你得帮我找点关于那个人的信息，我只有他的电子邮件地址。他的名字是加西厄，电子邮件地址是：pgarcieux@hotmail.com。”

过了好一阵子，安托万才吞吞吐吐地说：

“托马苏，你不觉得应该放弃这个活儿吗？你大难不死就已经很幸运了。”

托马苏感到体力恢复了一点，能大声一点说话了：

“可爆炸事件与此无关！我想弄个明白。他不过是个中间人。无论如何，我得先去巴黎看看马蒂尔德。我想搞清事情的真相，但愿那个家伙能告诉我是怎么回事。我们也许会浪费时间，但也许能交好运。”

“你肯定身体没问题吗？看过医生没有？有关你和洛厄尔的事，你报警了吗?”

托马苏扫了一眼伦敦的上空，远处，“呜呜”的警笛声停了片刻，接着又响起来，而且越来越响。

“报警？别傻了，伦敦整个市中心都爆炸了，弄不好他们会控告我是凶手……”

7

1414年6月，意大利蒙卡森修道院

弗拉·莱安德罗把粗呢衣服往上提了提，把手伸进墓穴，摸到了那本书。当他把书掏出来时，尸骨上的一只手脱落了，滚进石棺底部，发出清脆的声响，吓得这个修士浑身发抖。他抚摸着这本棕色的书，上面没有什么装饰，只有潮斑及其扩展开来的印痕。封面和书脊既没有作者名，也没有书名。莱安德罗犹豫了一会儿，才翻开厚厚的皮封面。封面有好几层，黏在一张皮上，皮又黏在一张木片上，正文是非同寻常的羊皮纸，第一页的文字已模糊不清，很难辨认。修士低下他那颗圆圆的大脑袋，试图解读第一行字，并低声地念了出来："神圣的人们在等守护神，恺撒王……"

他激动起来，也有点着急，但马上又蹙起了眉头——下面的字根本看不清。

他转过身，想在教堂的小殿里找个一个亮堂点的地方，可惜到处都黑漆漆的，七十年前发生的地震使修道院受到了损坏。由于潮湿，从拱顶到地面都是霉斑。

"半圆形后殿。"他轻声说。

由于书太脆弱，他小心翼翼地合上，然后，像捧着圣物似的，径直向祭台走去，把书放在白色大理石的祭坛上。半圆形后殿，因窗户贴近地面，外面的亮光可直接照到书上。在光亮中，修道士的脸显得十分苍白，他虽然脸圆圆的且身体发福，却是一副病态。

修士转过身，还能看见祭坛的台阶后被他打开的小石板，他就是从那里进入教皇圣本笃的墓地的。他扭过头，不想再见到那个渎神的场面，何况自己是罪魁祸首，这就更让他恐惧。他倒吸了一口气，重新翻开书。第一行上方的字刚才在昏暗的墓中看不清楚，现在可以看见了。

“《建筑十书》。”他用手指摸着模糊不清的文字，轻声地念了出来。

他的整条胳膊都在发抖。

“马尔库斯·维特鲁威·波利奥，第一卷！”

莱安德罗有些忘乎所以，不再像刚才把书从坟墓中掏出来再捧到祭坛前那样小心翼翼，而是快速地翻动这个没有书名的封面里面的纸页，寻找书的编号。

“九，十。”

他停了一会儿，接着又往后翻。

“十一！”

他垂着双臂，脸上毫无表情，这一页把他弄糊涂了。

他结结巴巴地重复道：

“十一……多出了一本……”

在这个学识渊博的图书管理员的记忆中，《建筑十书》是古代最伟大的建筑师维特鲁威失踪的著作，一直被认为只有十册，而不是十一册……

这么说，他是对的：发现这部因1349年地震而尘封在墓墙之中的珍贵著作让人惊讶，但还有更让人吃惊的事情。他在修道院图书馆工作两年多，对此越来越坚信不疑。由于乌尔班五世的重视，图书馆的藏书在地震后越来越丰富。教皇十分清楚圣本笃设立这一圣地以来所收集的知识宝藏的价值。这些几百年前的精神财富能奇迹般地得以保存，是因为它们得到了最负盛名的修道院的庇护，逃脱了那些视知识为灾难的野蛮者的魔爪。乌尔班五世怀疑这笔遗产不止这些，所以不让别人插手，一直不放弃修道院院长的职位。他很有远见，这里的遗产丰富得让人不敢相信，但没等到揭示全部的秘密，他便去世了。

现在，这部经过无数曲折才来到修道院的极其珍贵的著作，要由弗拉·莱安德罗这位普通誊写者来揭开其秘密了。他得揭示、考证甚至想象维特鲁威这部已消失了1400年的伟大作品是如何送到圣本笃手中的——那位高级神职人员破译了它，认为把这样一部重要作品放在一个藏匿其他禁书的地方不够安全。去世前，由于担心无法监控此书而可能造成的后果，他便把书保存在身边，直至带入坟墓。

莱安德罗又扫了一眼几分钟前他刚刚亵渎过的坟墓。尽管寒气逼人，但由于使劲用铁杆撬开盖棺材的石板，他的额头上仍大汗淋漓。圣本笃的坟墓……一想到这可怕的行为，他不禁后背发凉。

突然，他似乎听到有响声，马上抱紧双手，好像要保护手中的书。《建筑十书》是献给奥古斯都大帝的，它是整个古罗马时期希腊、埃及、波斯和美索不达米亚建筑经验之大全，全世界的学者都为失去那十本《建筑十书》而痛心。

他又低头看了看写在书页上方的数字：第十一卷。一条淡一些的笔画引起了他的注意。

有人在书页上写了些什么，蝇头小字在空白处延伸，差不多消失了，很难看清。

“放大镜。”他低声说。

得到誊写室里去找。把放大镜拿到房间里，再慢慢辨认。

他好像又听见了响声，吓得一动不敢动，但整个教堂很快又鸦雀无声了。

莱安德罗迅速从长袍里掏出一块白布，把书包上，匆匆来到地下墓室，这里的石板与大殿的地面差不多高。他把撬开的石板放回原位，用脚抹了抹石缝之间的碎砂浆，然后贴着墙壁，从内院离开了教堂。他紧紧地把宝贝抱在胸前，心紧张得“怦怦”直跳。

*

第一道阳光照在小房间光秃秃的墙上。莱安德罗听到其他修士醒来了，开始洗漱，然后又听到有人召集祈祷。他没有多少时间了，但他既无法加快阅读速度，也无法把眼睛从书上移开。

他甚至发现了圣本笃写在空白处的评注。他很激动，但仍保持警觉。圣人去世前，勇敢地写下了这些评语，只是没想过万一发生意外或有人亵渎了他的墓地，发现这部著作的就完全可能是一些暴民。

“希望世人永远见不到这几行文字，我的同行，无论与我相隔多长时间，也不要犯与我同样的错误，不要把这部著作从人类的记忆中抹去，从而否认它的存在。上帝要我承担在此之前由充满渴望和雄心的马尔库斯·维特鲁威所肩负的重任。我不可能毁灭这样一部巨著，但我恳请找到这本著作的基督徒兄弟照我的想法行事，阻止在迦太基两岸进行可怕的发掘……”

莱安德罗又读了一遍这几行字，然后合上书。

他知道要做什么了。

他从窄小的床底下拉出一块布，里面包着两个放大镜、几把小刀和其他装裱书的工具，这些东西是他头天晚上做弥撒时从工作间里偷出来的。他拿起切皮料的圆把刀，好像有点下不了手，便把刀放在一边。他重新打开书，翻到第十一册开始的地方，开始切割圣本笃写有评注的那页。之后，他合上书，擦了擦额头上冒出来的汗珠。

有人敲门，他惊跳起来，要抓紧时间，看门的修士已经在敲隔壁的门了。再过一会儿，走廊里就会挤满去大教堂的修士。他赶紧收好包着工具的布，把割下的那几页羊皮纸也放进包里，然后把所有东西统统塞倒床垫底下，这才戴上帽子，打开房门。

刚出门，隔壁也走出一位穿戴与他完全相同的修士。他抢先走在那个修士的前面，嘴里念着祈祷词，今天念起来格外激动。

“兄弟，别忘了你也会死的!”

莱安德罗拖着脚步，费劲地迈动双腿。但愿他作出了正确的选择。

*

蒙卡森神甫看着莱安德罗，神情严肃。

“您想单独见我?”他看着窗外正在修道院果园里干活的修士,问道。

莱安德罗点点头,拿出一包黄布包着的东西。

“我觉得应该马上告诉您,只告诉您一个人……”

“这是什么?”神甫打断他的话。

“神甫,您让我按照乌尔班教皇的遗愿所进行的研究,已经有了结果。”

神甫扬起眉毛。

“我手中有一部手稿,似乎就是失踪了近十四个世纪的那部名著——维特鲁威的《建筑十书》。”

神甫离开窗边,绕过前任留下来的那张高级木桌,来到他身边,接过那个小包,问道:

“你肯定?”

莱安德罗咽了一口唾沫:“我敢肯定,”他用几乎难以听清的声音说,“这就是那十本《建筑十书》。十本全在这里……”

8

托马苏将目光离开了巴黎的蓝天，低头打开了《费加罗报》。那篇文章登在头版，中间有一张巨幅彩照：

> 《太阳报》头版的《比电影〈闪电战〉更震撼》、《每日镜报》题为“侮辱”的文章，这两篇东西足以概括昨天晚间险些让贾森·加拉格尔首相丧生的恐怖活动所引起的强烈反响。这一恐怖事件想严重破坏大笨钟这一联合王国最著名的象征，而且，似乎还瞄准了另一个具有象征性的建筑：众议院。大笨钟下的建筑物几乎被完全炸毁，英国从未遭遇过这么强烈的爆炸袭击。“这是一次军事行动。”一位调查员几个小时前说。当然，人们提到了爱尔兰共和军，但现在尚未有人出来承担责任。伦敦警察厅提醒大家严加防范。英国方面正在统计受损的最终数字。损失肯定惨重，因为目前已知有二百多人死亡、六百多人受伤且其中数十人生命垂危。探员们都倾向于认为与巴黎爆炸案有关。除破坏程度不同外，两起爆炸的方式和所使用的爆炸物是否也有所相似，两国警察正在进行调查，并决定采取与2005年夏天伦敦地铁遭恐怖袭击后相类似的严厉措施，在港口、机场、车站部署警力，检查级别的提高已造成交通的严重延误。欧洲各国首都也采取了类似的预防性安全措施。欧盟委员会……

托马苏放下报纸，喝完杯中的咖啡，抬起头来。他在这家酒吧已经坐了近两个小时，透过窗户，正好能看见洛厄尔在电子邮箱中提到的那栋楼。

从酒吧里无法看清狭窄街道两边的楼房，每幢楼的门面都很像：能通车辆的大门，二楼有圆形窗户，高度也差不多，甚至连屋顶的深灰色瓦片也很相似，只有街道尽头卢森堡公园茂密的树叶把这沥青与石头构成的楼群分隔开来。

托马苏把木椅向后挪了一下，在放账单的小托盘里放了一张纸币；然后又把小桌往后推了推，小心地套上外衣，以免碰到受伤的胳膊。

他对正忙着洗杯子的侍应说了一声“再见”，对方咕哝了一声，算是回答。

推开蒙着水汽的大门，一走出去，清新的空气便扑面而来。

他走向那扇涂着蓝漆的大门，并毫不犹豫地按了密码“1-8-7-4”——这个密码是他刚才喝咖啡时，透过玻璃窗，看见一个买面包回来的老妇人按的……随着“嘀”的一声响，门开了。他走进大厅。

楼梯在左边，大厅的玻璃门没有密码，看门人的房门也关着。周围寂静无声。托马苏打开灯，灯光照亮了铺在楼梯上的红地毯。他发现墙上挂着一块镶有铜边的小牌子，上面写着各楼住户的名字，但不全——有些住户喜欢隐姓埋名。还好，他找到了他想找的那个人的名字：保尔·加西厄先生，三楼。

突然，他惊跳起来：好像听到了金属的碰撞声。哦，神经过敏了！他推开磨砂玻璃落地门，微弱的阳光照了进来，眼前出现了一个庭院，对面是个两层的车库，右边是楼房，左边是堵三四米高的墙，墙外传来了小孩的尖叫声，应该是小学的操场。

他看了一下表，离放学还有三个小时。他待会儿要去接女儿。

“她会很高兴。”昨天晚上，他回了家，伊莎贝尔只冷冷地说了这么一句。

这几个字好像重重地击打着他的后脑勺。妻子抱着双臂，站在女儿黑乎乎的房间门口，沉默了一会儿又说：

“前提是你不能像上次那样迟到。”

女儿玩了一下午，刚睡熟，伊莎贝尔怕吵醒她，说话声音很轻，但每个字都让人心寒。托马苏一边给马蒂尔德掖好被子，一边摇摇头，示意她不要再说下去了。每次见到女儿又长高了，他都很惊喜。

他依依不舍地离开了女儿的房间。伊莎贝尔和他又聊了一些无关紧要的事情，语气生硬。托马苏每次回家都感到很压抑。他们总是谈不到一块儿，他觉得有一种奇特的距离感，自己好像成了这个家庭的陌生人。他问的问题伊莎贝尔根本就没兴趣，只是不信任地看着他，然后开始唠叨、责备。他听不见她说什么，只觉得有种声音在他耳边“嗡嗡”作响。他双手插着裤兜里，心里很难受，想弄清他们关系日渐疏远的原因。难道都是自己的错吗？在外面闯荡了一个月，从远方回来，他是多么渴望得到家庭的温暖啊！

一个声音把他从沉思中惊醒，一只猫穿过院子，将垃圾筒的盖子“哗啦”一下碰掉在地上。托马苏退了几步，看着那台围着黑铁栏的老电梯，最后决定还是走楼梯。

他一边上楼，一边想起两天前曾给加西厄打电话。对方是电话录音，他留了言，留了自己的联系方式，但没有详细说明原因。但谁也没有给他回电话。

他来到了二楼。

“这么做很荒唐，”他想，“他不想跟我说话，那我能跟他谈些什么？洛厄尔的死把一切都搞乱了……我本来就不明白他在这件事中扮演什么角色。”

安托万在网上搜集到的资料并不多：保尔·加西厄，六十二岁，索邦大学教授，古文明与地中海古代史专家，著有多部关于文字发明及其演变、宗教与传统崇拜方式等方面的作品。高个儿，秃顶，圆脸，长相一般，目光锐利。一位高校教师，背景好像并不复杂，事业当然还算出色，但大学教师不都这样吗？他对地中海的考古发掘感兴趣，但在这方面，他避开校方，秘密组织了发掘。

三楼，在挂着律师事务所牌子的办公室对面，有一扇双层木门。托马苏按了门铃，三声铃响之后，楼里又恢复了宁静。倒是楼上有人开门关门。托马苏等了一会，又按了一次门铃。还是没人。他迟迟疑疑地推开了门，没有任何动静。他后退了两步。

安托万说得对，他想："这一切毫无意义，你太可笑了。"

正当他把手伸进口袋里取手机时，一个冰冷的金属物顶住他的后脑勺，他呆住了。

"别动！"一个女人命令道，"不许转身。慢慢地把手从口袋里拿出来。"

托马苏不敢违抗，乖乖地举起手，拿出手机，然后本能地想转过身来。

女人大喝一声，手枪更用力地顶着他，迫使他低下头来。

"我说过不要动！别装傻，顶着你的是枪。把东西捡起来，打开门！"

一把万能钥匙扔在他面前，碰到了门，然后无声地滑到红色的地毯上。

"快！"

托马苏叹了口气，弯下腰捡起钥匙，把门打开。

"进去！"女人命令道，把他推了进去。

9

屋里一片漆黑。托马苏进了门，来到一个椭圆形的大房间里。房间里有五扇门，头顶的水晶吊灯照着白色的墙壁，墙上挂着几幅画，古典题材的，依稀可辨，墙角有两尊古雕像，地板上铺着蓝黄相间的宽大地毯。门在他身后“嘭”的一声关上了。

托马苏觉得后脑勺像是被针扎似的。他曾有过这样的感觉，他在海底潜水遇到危险时，就会产生这种感觉，提醒他情况不妙。脑后冰冷的枪管让他感到全身发冷，他僵直地站在那里，试图掩饰内心的恐惧。

“打开左边第二扇门。”女人命令道。

托马苏顺从地打开了那扇门。一道明亮的阳光透过百叶窗，照到门口。托马苏往前走了一步，发现里面堆满了杂物，这个房间本来应该是个办公室兼书房，现在被弄得乱七八糟。书被人从书架上翻下来，堆在地上，画框也掉了下来，有的已经摔碎。椅子也被挖空了，掏出来的填充物扔得到处都是。

这时，那个女人又说话了：

“坐在地上，盘腿，双手平放在两边。好了，你现在可以转身了。”

托马苏转过身。

一个穿着白色T恤衫和牛仔裤的年轻女子站在门口，用枪指着他。她一头棕发，剪得短短的，像个男孩，看起来很纤弱，但咄咄逼人。

托马苏看见她没有丝毫的恐惧，只有满腔怒火。他想，她也许把自己当成加西厄了。

他默默地盯着她，她却不动声色。“别上她的当。”他告诫自己。

“你是谁?”她冷冷地问。

托马苏强笑着：“还是让我来问你吧：我根本不知道你是谁。我想你是不是太过分了？我绝不会无缘无故地用枪顶住一个陌生人的脑袋。”

她的脸部微微颤抖了一下，表明她有些不快：

“奉劝你别跟我玩幽默，也不要怀疑我的决心。要知道，如果我真想杀了你，你早就成死鬼了。”

“而我要是想杀人，就不会按门铃了！我甚至都不认识你!”

“你到这里来干什么？我不相信这是巧合。”

她的声音越来越可怕：“你究竟是什么人?”

托马苏犹豫了一会儿，决定实话实说：“我叫托马苏·马克·多内尔，考古学家。”

现在，轮到她不知所措了，她好像没想到会听到这样的回答。然而，正如他所判断的那样，托马苏这个名字一定会让她想起什么，于是便抓住这小小的机会，试图反击：

“莫名其妙得很，我是搞海底发掘的，来见加西厄先生，我并不认识他，从来没跟他接触过。我只想知道他为什么一个星期前委托一个中间人来跟我谈，想雇我负责一个工地，然后又突然毁约？我只想弄清为什么。”

年轻女人好像放松了一些：

“他死了，保尔·加西厄死了。”

托马苏大吃一惊，这次，他真的感到了担心，琢磨该怎么回答，可对方没给他回答的机会。她虽然声音平静了一些，但态度并未改变，仍用枪顶住托马苏的胸口，威胁他。托马苏感到自己的手有些发抖，便双手按着地毯，免得被她察觉。

“你真不知道我是谁？我是他女儿。告诉你，我也没有用枪逼人的习惯，可有人杀了他，两三天前还洗劫了他的房间。”

她慢慢地走近被劫掠过的地方，用下巴指了指一片狼藉的房间："你凭什么让我相信你？"

"你可以听听他的电话留言！"托马苏辩解道，"前天和昨天我都给他留过言。"

他轻轻地抬起手并摊开："我没有戴手套。你想，我如果想杀人，我会到处留下指纹吗？"

"我听了你的留言，"她打断他说，"听不明白，也不能说明什么。而且，怎么证明那个人就是你呢？你难道就是你自称的那个人吗？如果那个神秘的中间人是你的联系人，怎么又会断了线呢？"

托马苏低下了头，感到十分失望："我知道，你会觉得很荒谬，可他确实在伦敦爆炸中丧生了。当时我和他在一起，我就是想弄个明白，结果发生了爆炸……"

又是一阵沉寂，那女子继续用怀疑的目光打量他。

托马苏却突然感到有希望了——事情开始朝好的方向发展了。他松弛下来，决心采取主动："好吧，你现在想怎么办？我口袋里有资料。"

"不许动！"她威胁道。

托马苏点点头，身上出汗了：

"好了，我不想掺和这件事，不想给自己惹麻烦。我对你的事情一无所知，也不知道你父亲的死以及什么入室抢劫，我没有任何理由介入其中，只希望能重新过上正常的生活，忘掉这个地方和这个名叫保尔·加西厄的人……"

托马苏突然止住话头，他看见一个红点移向门口，对准了那个女子的头。

他马上不加思索地跳起来，一把推倒她，对方一个仰面朝天，重重地摔倒在地。但托马苏却恐惧地发现，这个女人以为是他在袭击她，因为她把枪又对准了他。

他大叫一声："不要！"

就在这时，这个女人刚才所站的地方响起了"噼噼啪啪"的枪声和爆炸声。她惊叫了一声，呆住了。

她想站起来，托马苏紧紧抓住她举枪的手，把她摁在那里，然后指了指右边的门，示意她趴下。

“别起来！把枪给我！”他命令道。

正在她迟疑不决时，一串子弹打来，石膏粉和瓦砾落了他们一身。

托马苏趁机夺过枪，转身趴在地上，凭感觉开了两三枪。枪的后坐力撞到了他受伤的肩膀，痛得他直咧嘴，于是他换另一只手拿枪。又一串子弹飞来，头顶的天花板被击成碎片，落了下来。他赶紧缩回头，重新趴在门口。

当他再睁开眼时，看见年轻女子钻进了右边的门，他也赶紧追上去，一边关门，一边想：他们躲在哪儿？是从哪儿开枪的？

他迅速扫了四周一眼，发现自己是在厨房里。墙上挂着一长排浅色橱柜，中间只有一张大桌子。靠门是抵挡不了多久的，没有任何家具可用来加固厨房门，而楼梯口又太危险，再说，要跑过去，得穿过毫无遮挡的前厅。

他显得非常紧张。

那个女人躲在桌下，一脸惊恐地看着他。

“他们在哪儿？”她问。

他往前挪了一步，指着窗户：“我们从这儿出去！”

托马苏来到窗前，小心地打开窗，朝外面看了看。他从心里暗暗感谢那只把他引到大院的灰猫，让他发现了那个小学的操场棚顶就在窗下。

他转身示意那女人过来，见她犹豫不决，便一把抓住她的手，使劲把她了拽过来：“快，爬出窗户，我拉着你胳膊，你滑下去。最多半米，而且房顶差不多是平的。你贴着墙跳下去。”

她盯着他，没有说话。

“快！”他坚决地说。

他感到她的手在发抖，她先是坐在窗沿，然后转过身子，滑了下去。托马苏往前弯腰时，正好遇到了她的目光。

“没事的。”他鼓励道。

他松开了双手，那个女人很快就落在了屋顶的瓦上，虽然动作笨拙，但几乎没有发出任何响声。

门外重重的脚步声让他惊跳起来，他立即爬到窗外，在跳下去之前，还从外面把窗关上了。

他落在她身旁，紧挨着墙壁。

“我们从学校里出去。”他对她耳语道。

从他们所在的房顶望去，静悄悄的操场四分之三都被屋檐遮住了。

他把身子往前探了一下，想找个从房顶下去的最佳办法。与此同时，他下意识地回头望了望头顶的那扇窗，发现窗户在动，便立即趴了下来。

他把一个手指放在唇边，向她示意处境危险，然后又指了指操场上他们要跳下去的地方。那个女人睁大眼睛，愣住了。他又伸出三个手指，意思是当自己数到“三”时就一起往下跳。就在他向她伸出手时，操场上响起了刺耳的电铃声。

“一、二、三，跳！”他低声说。

他手拉着她，沿着屋顶的斜面滑到屋檐边，那个女人不禁叫了一声，下面满是学生，他们刚从教室里出来课间休息，笑声叫声响成一片。两人先是踩到了雨水槽，发出了“咔嚓”声，然后从两米高的地方跳到了沥青地面上。托马苏落地时翻滚了一下，以免碰到受伤的肩膀。他一站起身，便跑向仍倒在地上的女子。

“快！”他喊道。

一个老师看见了他们，大喊：“喂，你们在这里干什么？你们是什么人？”

老师正想向他们走过来，突然惊慌地停住了脚步，因为两名男子从旁边楼房的窗口跳了出来，手持武器在屋顶上奔跑。

“这……”

他恐慌地转身，看孩子们在什么地方。

这时，那两个男人已来到操场中央，老师愣住了，看了他们一眼，然后向他们冲去。

“你们不能……”

那两个人无情地把他打翻在地。趁着眼前的混乱，托马苏和那个女子穿过操场，冲进一间教室，撞在一个女教师身上，彩色图画散落一地。

“大门在哪儿?”托马苏大声问。

女教师吓得说不出话来，只用手指了指右边的走廊。

他们在走廊里飞跑，出了校门，上气不接下气地来到了街上。

年轻女子抓住托马苏的手，托马苏转过来身来：她不那么害怕了，好像突然之间恢复了镇定。

“地铁!”她指着地铁的方向。

托马苏点点头。

10

“事故，事故。结论下得太早了！”

警察分局局长布朗托姆“腾”的一下站起来，绕着桌子走来走去。会议室里的所有东西他都看着不顺眼，让他的情绪变得更加恶劣了：桌子太大，与会者只好长时间扭曲着身子；椅脚不稳，坐起来不舒服；文件柜里的文件布满了灰尘，新堆上去的资料随时可能倒下来。警察局里太热，空气不流通。

他突然想抽烟，七年来，这种嗜好一直没变。他从镜子里看到自己不但身体臃肿，脸也变了形。

“我们掌握了什么情况？”他咆哮道，“先说事件本身，然后说案犯。”

警长埃米耶下意识地打开记录本，其实他知道自己根本不用看记录。他摘下镶着金边的眼镜，放在桌上，没有这副眼镜，一头金发和清瘦的脸会使他显得更年轻一些。他把身子往前挪了挪，身下的椅子发出了“吱吱”的响声。

“受害人显然是被车撞倒的，但既没有目击证人，也没找到肇事司机。脑震荡，头部两处受伤，腿及胸部多处骨折，估计撞击时车速为每小时八十公里。在学院角落拐弯，即使是时速四十公里也不可能刹住车，况且并没有任何刹车的迹象，一切都表明是故意撞的。至于受害人，”他顿了一下，然后又接着说，“是个大学教授，如果我没弄错的话，是索邦大学的一名考古学专家。保尔·加西厄，六十二岁，生活规律，经常外出旅行，但都是去参加学术研讨会。没有桃色新闻，也没有什么明显的仇敌，鳏居，有个女儿。”

布朗托姆叹了口气，双手挥动着，好像是乱了节奏的乐队指挥。

“那也得找找线索，查看他的档案，走访他的同事和熟人，看看是否有什么潜在的竞争对手或是有什么麻烦。”

埃米耶低头看了一下记录，然后抬起头，笔尖指着一行潦草的字迹：“他给别人当顾问，自己也有个小公司，但没有正式员工。我们去查查那家公司的客户。”

“有他的电脑吗?”

“没有，他只用手提电脑，但好像不见了。据我们收集到的最初资料显示，除了正常的授课外，他现在正研究一份材料。我们查看了他的电话清单，有些是打给伦敦的一位律师的。我们通过联络官与苏格兰场进行了接触，但由于情况复杂，我想还得再等等才会有答复。”

布朗托姆重新坐下来，手指轻轻敲打着桌子。一想到要进行国际合作，他就预感到事情不妙。

“好吧，现在来看看怎样加强国民议会爆炸案的调查。”

11

地铁穿过隧道，发出很大的噪声，两人的谈话被迫中断。托马苏等待着车子重出地面。黑暗中，他看不清年轻女子的脸，只见她双手规规矩矩地并拢，放在膝盖上。她的手小小的，纤细的手指上没有戒指。她有些焦虑，老是摆弄一块穿着皮带的绿色小宝石。

车厢里乘客很少，他们俩面对面坐着，慢慢地恢复了平静。他们坐的是四号线，先在朱西厄站换车，然后在夏特莱又换了一次车。万一被跟踪，不断换车是摔掉尾巴的好办法。托马苏辨认着站台上地铁站的名字：“红色城堡”。他把手放在座椅上，碰到一块破损的皮面，里面的海绵压得紧紧的。车厢里空气闷热，夹杂着些许哈喇味。他感到肩上的枪伤阵阵作痛，刚才第二次换车时，他已经把枪扔进了垃圾筒。

地铁钻出隧道后，噪声小了一些。日光灯冰冷的光亮重新照在年轻女子有着薄薄双唇的脸上。

脏脏的人造革座椅重又出现在灯光下，年轻女子所坐的长椅上几乎贴满了小广告。她好像很疲惫，用手捋了一下短发，想让自己精神点。

一个三十来岁的男子不经意地从他们身旁经过，他戴着耳机，随着音乐摇头晃脑。车门开了，这人下了车。

“我叫克莱尔，谢谢。”年轻女子说。

托马苏笑了一下：“我的真名叫托马苏。”然后收起笑容，问：“你知道向我们开枪的是谁?”

她低下头，托马苏发现她合着的双手仍在发抖。

“我不知道。”

“那你知道什么？”

“不知道什么。”

“你刚才说你父亲被暗杀了。知道是谁干的吗？有线索吗？”

“没有，不过我知道父亲在那段时间里很焦虑，而且很古怪，总是心事重重，”克莱尔咬着嘴唇说，“这也许是我的感觉……别的我就什么都不知道了。”

“你父亲是大学教授，与杀手不会有什么来往，一定是什么别的原因……”

克莱尔显得有些不自在：“我不清楚，也许毫无关系。”

她抬起头，盯着托马苏：“他们会不会是冲着你来的呢？”

托马苏刚想回答，看见一群中学生上车，从他们旁边经过，便没说话，直到他们在车厢那头坐定之后，他才小声说：

“冲我来的？你不是开玩笑吧？除了我的妻子，不会有人因为我拥有的财产、我知道的事情或者我的为人而想杀死我。除了我的妻子，可她不会这么做。不，不，你不能这样推掉干系。这里面肯定有什么事情，与恳求我接工程有关，与抢劫和暗杀你父亲有关……”

托马苏停了一会儿，观察她的反应，然后说：“很抱歉问你这个问题，克莱尔。告诉我他是怎么死的？”

“被车撞死的。”

“你不认为这会是一场车祸吧？”

“车开上了人行道，而且没有停下，他一直带在身边的挎包被抢走了……”

“这里面大有名堂，可你没有把一切都告诉我。”

她又低下了头。

托马苏叹了一口气，说：“听着，我与此事毫无关系。我有自己的公司、有职业、有债务和烦恼，我不愿意为我所不认识的人和不了解的事情冒险，我有许多别的事要做。我告诉你我现在想做什么吧：到此为止！我要在下一站下车，把你忘了。”

她抬起头，目光直逼着他。

“请便吧！你以为我会求你留下来保护一个可怜的孤儿吗？”

她气得苍白的双颊微微发红，托马苏犹豫了一会，说：“你确实很自负！一分钟也没有相信过我，你想……”

“随你的便。但如果我告诉你说，他们要的可能是你的命，这并不是开玩笑。到处都有你留下的痕迹。你跟我父亲虽然没有直接联系，可你在他的电话上留过言。哪怕我父亲跟你的接触再隐秘，也很难想象与此次暗杀无关。这帮家伙肯定是在寻找什么或者要清除什么，而且他们完全相信你了解情况或是你有他们用得着的东西。所以，不管你愿不愿意，你都已经摆脱不了干系。”

托马苏默默地盯着她好一会儿，想起了安托万给他的忠告——看来老朋友的话是有道理的，可现在已经太晚了。

他叹了口气，心想：“马克·多内尔，你好像又抓了张臭牌。”他抬了抬手，似乎想要结束这场争论。

“好吧，你赢了。我们就像在打牌，这是游戏规则。他们在寻找什么东西？同意。让我们来看看他们在寻找什么。我随身带着英国律师交给我的资料，他希望我去负责一个发掘工地，打捞一艘很久以前的沉船，船上装满了从古代迦太基遗址搞到的艺术品，这就是我所知道的全部情况。”

他期待她会有所反应，可什么也没有，于是他往前欠了欠身：“克莱尔，你知道些什么吗？”他显得很亲密。

见她犹豫不决，托马苏又追问道：“你父亲在研究什么？他对什么感兴趣？”

“我父亲研究古代文明的语言演变，研究知识的获得与发展进程。”

她绞着双手，寻找恰当的字眼：“也就是说，为什么有些科学知识在某个地方得到发展或消失，然后又在另一个地方重新出现而人们却无法理解。你知道金字塔、糙石巨柱和复活岛吧？他分析地理、人口、文化等方面的因素，研究这些知识是通过什么渠道进行传播的。你听说过英国的斯通亨格或秘鲁的纳斯卡文化吗？”

托马苏没有说话，努努嘴，示意她往下说。

“在秘鲁的纳斯卡，人们在田野里发现了一些石头堆的巨型图案，只有从空中才能看得见，这就是所谓的地理雕刻。这种巨大的拼图，方圆几十平方公里，形如动物或呈几何图形。谁也不知道哥伦布发现新大陆以前，古代部落怎么能在地面上做出这样的图案，也弄不明白为什么漫长的岁月没有抹去它们的痕迹。没有人知道这些图案有什么用，又象征着什么。在英国的斯通亨格，不知道是些什么人把巨石堆成圈。谁也不知道是怎么堆成的及为什么要这么堆……我父亲花费了二十多年时间研究这些课题，试图揭示它们之间的关系。”

托马苏扫了一眼她身后的车窗。他们所在车厢的最后一位女乘客刚刚下车，在站台上吃力地走着，转眼间从视野中消失了。他看了一眼车门上方的地铁线路图，他们已快到达线路的终点，车上的乘客越来越少。

克莱尔的脸色阴沉下来：

“几年前，研究给父亲带来了其他线索，新的线索。我是后来才知道的，因为当时远我在美国工作，我们很少交谈，偶尔发几封电子邮件，我夏天才能见到他，他也很少告诉我关于他的消息。”

她抬起手，指头上挂着一个小宝石。

“他旅行回来会带给我礼物，有时甚至给我他所发掘出来的东西。”

托马苏用下巴指了指那块绿宝石：“这块宝石就是？”

她点点头，沉默了一会儿之后，又说：“我当了记者，自由撰稿人，写通讯报道。我几乎都在国外工作，在南美和美国。”

说到这里，她又停了下来，把那块宝石放回牛仔裤的口袋里，然后继续讲她的故事：

“那时，父亲与他执教的大学发生了一些不愉快的事，其实也没有什么大不了的事。父亲一直是学校里的权威人物，但他抱怨别人不理解他，不能让他安安静静地给学生讲课。他觉得自己受到了监视，别人对他也不信任。而且，他也为没有足够的研究经费而苦恼，可他又不会耍手腕。他很少发表文章，自我封闭，常到其他地方去寻找经济来源。他甚至创办了一家很小的咨询公司，结果引起了同事的嫉妒。他把大学的科研活动与个人的研究工作混在一起了……我想，正是从那时起，他开始提起迦太基。”

托马苏又把身子往前倾了倾："他跟谁谈过此事？谈过谁？"

克莱尔从记忆中搜索："记不太清楚了，那时，我很少见到他……"

托马苏紧咬双唇："你得好好回忆，这是我们唯一的线索。而且，我们既不知道是否还有时间，也不知道一小时前朝我们开枪的那帮家伙到底要干什么。你父亲把资料藏在哪儿了？"

"他家里，也可能是乡下，我们在奥弗涅有一座房子。但我想也有可能放在索邦大学他的办公室里。"

托马苏想了一下，不管怎么说，只能追查这条线索了。办公室肯定要去。他回想着刚刚经过的地铁站，离终点好像只有两三站了，得赶快行动。

"从这里去要多长时间？"

克莱尔想了一下："坐地铁得四十五分钟。"

托马苏摇了摇头："不行，打车去。地铁虽说很好，可我们无法防备周围的人。谁知道会出什么事呢？这样，我们一起出去，然后分手。我还有一两件小事要处理。你呢，先坐出租车去别的地方——咖啡馆，或是你平时不常去的地方，然后用短信告诉我你在那里，我们晚上八点会合……"

"我先回一趟家行吗？"

"不行，太危险了！如果需要什么就到商店里去买。至于衣服，我会带给你的，一定要买个旅行包。我们至少要离开三天。去奥弗涅。"

两人对视了一眼，托马苏试图从对方的目光中看到一丝信任，可他看到的却是坚毅和顽强。他觉得她恢复了镇定。

地铁与对面来的列车交会时有些摇晃，托马苏抓住这几秒钟又考虑了一会儿。现在还有时间抽身离去，忘掉这个目光冷酷的女子，不再相信她。他仿佛又看见她用枪指着自己。

"咣当咣当"的声音停止了，反向的列车已经远去。克莱尔眨着眼睛："如果你不想真的回来找我，现在就说，我宁愿……"

他愣住了："我怎么了，你怎么对我这么不信任？"

"我最信任的人，是我父亲。"

她的语气又冷漠起来："可也没能完全做到。"

她停了一会儿，似乎没有察觉到托马苏的窘态，托马苏此时也在想自己的父亲……他在这方面也做得不怎么样。

“你信任我吗?”

“我好像并没有太多的选择……”她的声音柔和下来。

托马苏放心地笑了，问：“有手机吗?”

“有，你要我的号码?”

“对，但不到迫不得已，我不会给你打。你给我发个短信就行，告诉我你在哪儿，然后尽量少用。晚上我会再想办法。”

他从上衣口袋里掏出一支钢笔和一张揉皱了的纸，一边记下她报出来的号码，一边想，自己又盲目地卷入了一桩烂事当中。他把纸撕成两半，然后在空白的那一半上写下自己的电话号码，递给她。

前面出现了光亮，地铁进站了。

车门打开，托马苏了站起来：“我们走。”

克莱尔有些犹豫。

“下车!”托马苏的态度非常坚决。

克莱尔被迫站了起来。列车表示即将关门的“嘀嘀”声响了，他们刚跳下车，车门就在他们身后“咣”的一下关上了。

托马苏见克莱尔下意识地观察着站台，目光中又出现了一丝忧虑。

他指了指中转指示牌：“我们就在这里分手吧！记住我对你说过的话。如果我不能准时赴约，你就先离开，半小时后再回来。”

接着，他又微笑着说：“不过，我会准时到的。”

见她没动，托马苏又说：“相信我。”

她点点头，没有说话。很快，这个一头短发、身材姣好的女子就消失在了站台尽头的通道里。

12

“那些家伙怎么会朝你开枪呢？真是疯了！”

托马苏扫了一眼周围狭窄的街道，两三块色彩斑斓、亮着灯光的招牌使门面灰色的房子显得更加寒碜。许多车并排停在马路边上等孩子，旁边不断有车“嗖嗖”而过。

学校里的铃声响了，放学了。很快，孩子们就会成群涌向校门。狭窄的人行道上和蓝色的金属护栏后面，一小群家庭主妇、保姆带着婴儿车已在那里等候，熟识的女人三五成群，正漫不经心地照看着更小的小孩。

几米远的地方，托马苏靠在一个门口的角落，叹了口气，换另一只耳朵接听电话。他又走远了一些，因为太吵了。安托万生气了：“行行好，赶快坐头班飞机回来，一大堆事等着你来解决，工程要你来推进。时间一分一秒地过去，停工的代价太大了。喂……”

“安托万，”托马苏减小声音，想打断对方，“我待会儿再给你打电话……”

安托万大叫起来：“别再跟我说‘我的电话正忙’！告诉你，别掺和这种事。已经死了不少人，问题太多太复杂，别再白费力气了！”

学校里的电铃又响了，推车的、拿包的立即蜂拥向前，她们都知道第二遍铃声过后，旧栅门就会自动打开。

托马苏叹了口气：“安托万现在就要我给他解释……”

他马上又埋怨自己不该这么想。安托万是对的，只是，他现在没有时间。

安托万的声音又响了起来："喂，你在听我说话吗？"

托马苏把手机从耳边挪开，看着学校门口。

"托马苏，浑蛋！听到了吗？"

他想安托万以后会原谅他的，马蒂尔德就是最好的借口。

"我稍后给你电话，告诉你号码。"他说了声"再见"便关了手机，放回口袋，然后向校门走去。有些家长已接到孩子出来，孩子们有的无精打采，有些非常兴奋。

"爸爸！"

托马苏刚走进校园，就听到有人开心地叫他。他转过身，看见一个金发小女孩从一个狭窄的房子后面张开双臂朝他跑来，凉鞋踩在水泥地上"嚓嚓"作响。他一把抱起女儿，举起来转了一圈，然后把她贴在胸前。

他又闻到了女儿身上温暖而甜蜜的气息，这种气息每次都那么强烈，可分别几天后，就记不太清楚了，这让他很难受。他觉得孩子夹在他腰上的腿长了，搂着他脖子的胳膊也粗了一些。

五个月了，离上次见到孩子已经过去了整整五个月，其间只匆匆通过几次电话，随意回答了孩子的几个小问题。

女儿紧紧地搂着他的脖子，都快让他喘不过气来了，但他没有阻止，怕破坏这一甜蜜的时刻。他也留意不要把孩子抱得太紧，否则，过不了多久她就会受不了而要他松开。

孩子在他胸前又依偎了一会儿，然后突然直起身子，表情十分严肃地问他："你收到我的画了吗？"

托马苏同样严肃地点点头，竭力掩饰内心的激动："当然！我昨晚到的时候妈妈给的，而且我还去看过你，你已经睡着了。"

孩子对他的回答好像很满意，但马上又皱起了眉头："你把海豚都留在那边了？"

*

"你明白自己在说什么吗？我怎么才能相信你呢？"

伊莎贝尔站在客厅里，双手神经质地交叉在一起，她不是在说，几乎是在喊。

托马苏默默地看着她，心想：是否能用其他方式告诉她自己如何途经伦敦、如何拜访加西厄、如何发生枪击事件以及后来又如何逃到街上和地铁里……应该使用一些不会让伊莎贝尔立即就发火的语句。

伊莎贝尔走到房门口，把门关上，然后转过身，靠在白色的门上，抓着门把手的双手在轻颤。

托马苏想，别的词语根本就不存在，或者更确切地说，即便有也无济于事，伊莎贝尔之所以生气是因为他在抱女儿的一小时之前还用这双手拿过枪，她觉得女儿也不再真正属于他们俩了。

他们在争吵时，马蒂尔德正在自己的房间里玩耍，离他们只有五米远。伊莎贝尔还是不想让女儿跟他太近，托马苏想只能是这个原因。

他看着白色的墙壁，这朴素简洁的装饰是他们共同设计的，如今却显得那么冰冷、那么令人伤感。

“天哪，我曾多么爱她！”他想，然后又马上在心里作了纠正：“我们曾多么相爱。”想到过去共同生活的日子，他心里就感到难受，就像看到这套他曾幸福地生活过的房子一样。

他忍不住把这张面孔与他们初识时伊莎贝尔的脸作对比。那时的她是一个单纯的女孩子，学地理，在一个地图绘制所当实习生，托马苏是去那里翻晒他所负责的工地的海底地图时认识她的。她马上就被托马苏奇特的生活、环球旅行和他身上的浪漫与激情所吸引，而托马苏也为她的热情、快乐和美貌所倾倒。伊莎贝尔出生在巴黎的一个有钱人家庭，童年生活幸福而富裕，但这并没有让她局限在自己的小圈子里……相反，她很好奇，总想了解外面的世界，发现更多的东西……

可是，婚后的甜蜜很快就结束了，托马苏经常不在家，每次回来，妻子都唠叨个没完，不断埋怨，昔日善解人意的美人，如今变成了冷酷而脆弱的家庭妇女。眼前的伊莎贝尔身材修长，目光明亮而冰冷，长发随意在脑后挽了一个髻，微微扬起的下巴，使她显得有些傲慢。

“你一下子来、一下子走，每次回来都像一阵风，钱赚不到不说，还惹上一身麻烦。”

托马苏强压着自己的怒火，心里感到很冤枉。他工作太投入，而考古发掘的时间和地点他又决定不了，其实，他常常往家中打电话，想尽量减轻妻子的孤独之苦……

伊莎贝尔继续数落他：“以前，你被人解雇、被人当做流氓，但毕竟没有人朝你开枪！现在可好，我和孩子的安全都成问题了，看来得换电话了……”

“你说得对。”托马苏掏出一个手机，装上电池，递给伊莎贝尔。

“什么意思?”她没有接。

“你我都得换手机。我还得离开这里几天，把事情弄清楚。”

伊莎贝尔又愤怒起来：“你在耍我?”

她一把夺过手机，扔在沙发上：

“什么都偷偷摸摸。你说有几个家伙要杀你，却又和今天早上刚碰到的一个女孩到处乱跑。托马苏，拜托了！我要工作，马蒂尔德要上学!”

“听我说，情况并没有那么复杂。学校差不多要放假了，你也一直没有休过假。”他沉默了一会儿，然后说：“一星期，一星期后我会把一切都告诉。我答应你。”

她看着他，交抱双臂，像是给自己取暖：“我都不想和你吵了，说实话，我想离开这个家。不需要你了，就这么简单……”

她打开了大门。

“伊莎贝尔，千万别这样。我并不想介入此事，一直想摆脱它，我不想给家里带来任何危险和麻烦。请相信我。”

伊莎贝尔没有回答，转身进了房间，不一会儿，夹着几件衣服出来，还提着一只黑色的旅行箱。

“这是你女朋友需要的衣服。”她刻薄地说着，把这些衣服扔在沙发上。

托马苏没有计较她的态度，但她还在说：“好了，行行好，把这些都拿走吧，还有你的那些不可思议的故事，走吧!”

托马苏感到她的声音在发抖：“求你了，别再打扰我们……”

*

托马苏心情沉重地离开了家，他看了一下表，才七点，还早得很。他突然想起来，克莱尔并不一定会来。他抬头看了看家中的窗户、自己的家，心如刀绞。

“是的，”他自言自语道，“那帮家伙是冲着克莱尔来的，不是你，更不是她们母女俩。”

托马苏租了一辆黑色的“沃尔沃”，驶入福克大街，往星形广场方向驶去，他在车中一边给安托万拨电话，一边不时地看着反光镜，警觉地注意后面，怕有人跟踪。

13

索邦大学宽大的走廊里，深色的橡木地板在脚下“吱嘎吱嘎”响，托马苏停了下来，看了看朝着前庭的大窗，克莱尔和他倒映在窗玻璃上。天太黑了，很难看清大学门口和大楼正面的名人雕像，只能看见院子的轮廓和倾斜的屋顶。月光下，屋顶的装饰物在院子里的石板路面上投下了一个个阴影。托马苏想，自己差不多十五年没来这里了，这里好像没有任何变化，但他觉得这栋庄严的石头建筑已经属于另一个世界，陌生而遥远，无法与之交流。

“你是不是在等历史传说中的人物啊？”克莱尔碰了碰他的胳膊。

他惊醒过来，跟她往前走。一路光线很暗，墙上贴满了五颜六色的小广告。克莱尔穿着牛仔裤，走得很轻快，显然对这个地方很熟。“也许她并不是第一次玩这种游戏。她看起来还真像个学生。”托马苏想。

克莱尔建议半夜潜入她父亲的办公室。她是在离这儿不远的一家小餐馆吃饭时冒出这个念头的，两人一直等到晚上十点半夜幕降临，才从先贤祠广场和苏弗洛街前往索邦大学。

他们不理会街上的行人、游客或是其他什么人，径直来到圣雅克街五十四号。克莱尔敏捷地掏出一串钥匙，打开了一扇小门，动作娴熟得就像是开自家的门。她一侧身闪了进去，托马苏紧跟着她。

“我父亲每次都从这儿走。他经常弄丢家里的钥匙，所以在办公室放了一把备用。有了这扇小门，就可以不走大院，而且不会遇到太多的人。他一直藏着这把备用钥匙。很幸运，我在一堆杂乱的东西里找到了它……”

*

“就是那儿。”克莱尔低声说。

她在一扇门前停了下来，门上的一个小铜框里塞了一张名片，上面写着“保尔·加西厄”几个字。

克莱尔从包里取出那把钥匙，插进锁孔，门开了，没有发出一点声音。托马苏跟着她来到里面。

“能把钥匙给我吗？”他低声问。

她把钥匙递过去，托马苏接过来，从里面把门锁上。

屋顶有个天窗，透进一丝光亮来。书架和一个灰色铁柜差不多占了办公室一半的空间，上面满是书籍和资料。窗前的写字台上也堆满了材料，还有些书就堆在地上。

“没有上封条？”托马苏问。

克莱尔耸了耸肩：“我对警方说，这是一起谋杀，但我不肯定他们是否相信我的说法。而且，上星期发生的爆炸事件已经让他们忙得不可开交……”

托马苏走近书架，用手电筒照了照上面的书：“你常来这里？”

“以前常来。办公室很小，但父亲在这多年了，一直不想换。”

“他没有电脑？”

“有台手提电脑，可现在连包带电脑都不见了，电脑以前就插在这里。”她指着地上的一个多用插座。

托马苏走到窗前，小心翼翼地打开窗，看了看外面的院子，然后关上窗，拉上窗帘。

不开灯，很难找到什么，还是得冒险，于是，他打开了桌上的金属台灯。

“你检查书桌上下，”他对克莱尔说，“书架我来负责。”

“找什么？”她好像只是随口一问，并不想得到什么明确的回答。

“与英国律师有关的东西，与我有关的东西，能给我们提供线索的任何东西……”

克莱尔弯着腰，从靠墙的书桌底下把堆满文件的档案盒一个个拿出来。

托马苏观察了一下周围，然后蹲下来检查第一层书架。他自己也不知道应该寻找什么……与迦太基和沉船有关的照片、信件、资料？

克莱尔检查完第一盒材料时，托马苏招呼她：“你过来看看。”

克莱尔放下手中的资料，挪开椅子，走了过来。

“你看一下文件的排列，能想起什么来吗？”托马苏指着柜子里的材料，问道。克莱尔踮起脚尖，这时，他闻到了她身上散发出来的味道。

克莱尔仔细辨认塑料夹子上的小标签，轻声念道：

“美索不达米亚、埃及、波斯……”

“是上面几个。”

“那三个空的？”

“对。”

她又往前靠了靠。

“迦太基I、II、III……”

“那是些旧文件，墨迹都褪色了，可旁边的那个……”

“迦太基IV……”

他听出她的声音变了：“对，这是新的，最近的！”

托马苏也很激动。

“可四个都是空的。”克莱尔说。

托马苏问：

“你父亲常带走资料吗？”

“有时候带回家去晚上看，或者带到乡下去。”

“但愿如此！”托马苏又指着最高的那层书架：“那是什么？”

克莱尔摸了摸那些厚厚的硬壳文件夹，深灰色的，有点脏了，边上有标明内容的小标签，字体隽秀工整：国民议会/巴黎，议会大楼/伦敦，梵蒂冈/罗马，欧洲委员会/布鲁塞尔，大卫古城/耶路撒冷，皇宫/东京，哈瓦马哈勒宫/斋浦尔……

“这样分类是什么意思?”她转过身来，好像是自言自语。

她检查完一排文件，又把目光投向另一排文件：

“柏林、纽约、北京……我从来没有听说过他研究这方面的东西，它们之间会有什么关系呢?”

“字迹也是新的，”托马苏说，“不管怎么说，他研究过这些东西。”

“文件夹里有东西。”她说着把夹子递过来。

托马苏突然制止了她，一个手指放在嘴边，另一手示意外边有响声。

克莱尔很沉着，她慢慢地抽回手，把文件放好。

托马苏走到书桌旁，把台灯关了。

这时，有手电光从门缝底下照了进来。托马苏目不转睛地盯着门，拿起钢笔，在一张纸的背面写了几个字，然后跪在地上，把纸推给克莱尔。

她看了纸条，点点头，站起来去取资料。

门把手在转动，发出轻微的响声。

托马苏屏住呼吸，身上紧张得发抖；克莱尔却似乎若无其事，这种镇定让托马苏感到惊讶，这跟上午她在家里精神崩溃的样子形成了鲜明的对比。

门把手又转动了一下，但门还是没有被打开。

克莱尔在黑暗中睁大眼睛，辨认书架上的资料，挑出一些，塞进放在脚边的背包里。

这时，托马苏听见了钥匙插在锁孔里的声音，他顾不得会不会弄出声响了，抓起一把椅子，死死地顶住门。

“快!”他指着窗，对克莱尔说。

克莱尔又取了一些文件，塞进包里。

门外响起了愤怒的吼叫声：

“开门!”

托马苏看了克莱尔一眼，她的目光中没有一丝惊慌，他放心了。

他打开窗，掀开窗帘，跨上窗台，翻了出去，然后又冒出脑袋，一只手伸回办公室。

“把包给我！”他说。

克莱尔把包递了出去。

“爬窗，快！”他低声说。

克莱尔犹豫了片刻。

门外有人开始用肩膀撞门。克莱尔不再犹豫，爬到了窗外，顿时感到一阵凉风拂面。

“抓紧，别往下看！”

她感到自己踩在了什么东西上面，脚下“咔嚓”作响。

“往上！”他推了她一把。

她爬上光滑的屋顶，在瓦上行走。索邦大学渐渐远去，眼前出现了塞纳河，如一条绸带，在缓缓流淌。她能看到整个右岸，直至圣心教堂。托马苏追上来，抓住她的胳膊，拉着她消失在茫茫黑夜之中。

14

托马苏感到眼皮越来越重，他看了看车上的电子时钟：三点四十四分。他们已经开了四个小时的车，他以前没有来过这个省，更不必说跑遍整个奥弗涅了。

他看了看坐在旁边的克莱尔，她睡着了，双手放在膝盖上，右手戴着一个小戒指，头靠在车窗上。托马苏呵欠连连，不断地警告自己：别睡着了！他算了一下，可能还要开四十多公里才能到目的地。前方出现了一块路牌：“布里尤德 22km”。他松了口气，再过半小时就到了。他又看了一眼克莱尔，睡着的她显得更娇小了。再让她睡一会儿吧，进村时再叫醒她。

克莱尔的身上盖着伊莎贝尔的黄色毛衣，让他产生了一种异样的感觉，这两个如此不同的女人之间好像有某种关联。克莱尔轻轻地把衣服一件件拿出来，翻来翻去。看到另一个女人在翻拣这些衣服，闻到另一个女人的味道，他有些神情恍惚。

羊毛衫太大了，克莱尔穿起来人显得更娇小；而伊莎贝尔穿在身上，却显得更精神。

他心中又暗暗难受起来，他曾在路上给伊莎贝尔打电话，可她没有接，只好给她留言，留言提示也被换成了巴赫的奏鸣曲。不知道她会不会去查听。

他看了看脚边的背包。离开索邦大学时，他曾与克莱尔一道在屋顶疯跑，沿安全梯下来时，肩上的背包使他失去了平衡，他滑了一下差点摔倒。幸亏那帮家伙没有追上来，至少托马苏没有看见他们追上来。当他开车飞快地驶向学校街时，仿佛听见圣米歇尔大道上响起了警笛声。不过，也许只是巧合。

他在想：撞门的是保安员还是那些人呢？

托马苏离开了国道，驶向克莱尔曾在地图上指给他看过的那个村子。路变得窄了，克莱尔说起了梦话。托马苏回想起，出了巴黎当他放慢车速时，克莱尔脸色苍白的样子。

“我开车太疯狂，让你害怕了？”他问。

她没有迎接他的目光：“你好像习惯爬窗。你真的在海底工作？”

他们谈了好久克莱尔的父亲，谈起最后几次见面的情景，想寻找蛛丝马迹。后来，她问起托马苏的经历，托马苏说自己曾在牛津大学读古代历史和古文明史，在法国的巴黎文献学院也学过几年。他不喜欢闭门读书，还说在亚历山大港实习时，他高兴地发现潜水与考古可以很好地结合起来。克莱尔也说了自己的一些经历：她毕业于纽约的哥伦比亚大学，后来加入了非政府组织，在越南待过一年。但她没有详谈，托马苏觉得她在刻意回避什么。但看见她强忍着哈欠，他想她也许是累了。后来，两人都不再说话，克莱尔很快就进入了梦乡。

在前方二百多米的地方，托马苏看到了村边的屋子。

他开始减速，然后把车停在路边，熄了火，关了车灯。他向克莱尔转过身，她的脸藏在黑暗之中，几乎看不清。他等了一会儿，才轻轻地推了推她的肩膀：

“克莱尔，醒醒！”

*

水非常凉。托马苏使尽最后的力气，使劲蹬腿，终于浮出水面。憋死了！他一边呼吸凉爽的空气，一边用目光寻找岸边。在这漆黑的夜晚，很难分辨出哪是岸、哪是海水。他害怕了。爸妈呢？他突然意识到他们并不在自己身边。他想，应该找到马蒂尔德和伊莎贝尔。他满心焦虑，希望能听到她们的声音，于是想再次潜入海底，可水面似乎变得更厚了，像是给他套上了木枷，让他动弹不得。他挣扎着，得去救她们。他觉得四肢越来越沉重，水面坚硬得像玻璃。他张嘴想喊……声音却将他拉向高空，让他离开了冰冷的水面……

“托马苏，托马苏!”

他睁开双眼，猛地站起来，吓得克莱尔后退了一步，手中的杯子差点掉在地上，咖啡也洒了。

托马苏摸到旧沙发柔软的天鹅绒时，才想起昨晚自己虽然很累，但睡不着，在客厅里来来回回走了一个小时后，不知不觉就倒在了沙发上。

“你有点儿坐立不安……”

阳光照在她蓝色的裙子和短发上，托马苏觉得这条裙子和她褐色的头发很般配。

“没事，做了个噩梦。”他回答说。

“我去给你煮咖啡。”

托马苏打量着屋内具有乡村风格的陈设：白色的墙与深色的木质家具，散发出浓郁的家庭气氛。屋里没有什么矫揉造作的装饰，只有日久天长积累的各种物品和家具，除了体现不同的风格和时尚，让住在里面的人感到非常舒适。

他喝了一口咖啡：

“好咖啡。现在几点了?”

她笑着回答说：

“还有羊角面包和报纸。已经九点了。”

他睁大双眼：

“九点了? 我该起来了!”

他从沙发上蹦起来。

她摇摇头：

“不着急，我把车停在车库里了。没有人知道我父亲常来这里，屋子是属于我的，挂在我母亲的名下。我父亲只到这儿来工作。他最喜欢的是这里很安静，甚至连电话都没有。”

托马苏用手抹了抹脸、拢拢头发，说：

“那好，我们吃早餐。”

*

保尔·加西厄的乡村别墅建在山坡上，共四层，最高一层有平台，一溜小台阶通往种着果树的草地，草地上以前有座碉楼，现在只剩下一些瓦砾。平台的另一边则有楼梯通向山脚下的村庄和教堂。

托马苏也想有一个这样的地方，躲避外面的喧嚣，放慢行进的脚步，平平静静、安安全全地生活。他很喜欢他所休息的房间，简朴的木质家具、略微褪色的窗帘，让人觉得舒服而不是破旧。

这时，克莱尔站起来，说要带他去看看。

他跟着她穿过两条长廊和一个房间后，又出现了一条狭窄的通道，克莱尔说从这里可以去地下室。她打开橡木大门，走了进去。

地下室很大，呈正方形，里面摆满了深色的书柜，中间有张长方形的桌子，上面堆满了书，门对面的大壁炉旁还有一张小桌、一把皮椅和一盏灯，似乎在等待出门不久的主人。

克莱尔转过身，忧伤地笑了笑：

“这里曾经是城堡的温室，父亲的大部分时间都是在这儿工作的，资料也保存在这里。”

托马苏有些激动，克莱尔却沉浸在对往事的回忆中，这里的一切好像都在向她讲述着父亲。

他犹豫不决，不知道是不是该靠近她；而她径自走向书柜，在房间里来回踱步，指着书柜里的资料，凭记忆说道：

“建筑学、天文学、人种学、宗教学、社会学、政治学、历史学、哲学、语言学……”

数着数着，她似乎精神振作起来。

托马苏轻轻地说：

“兴趣真广……”

她开心地笑了：

“他会说：‘不是兴趣广泛，而是它们之间密切相关。’”

托马苏走到书桌边，拿起一个装有三张照片的银色相框。最大的一张是个瘦瘦的男人，头发灰白稀疏，戴着大眼镜，旁边站着一个小姑娘，搂着他的脖子。

“这是你父亲?”他问。

她点点头，又指着另外两张说：

“这张是他和我，那张是他和我母亲，还有一张也是他和我。”

托马苏低头看着照片，克莱尔又说：

“是我放大后送给他的。”

托马苏皱着眉头辨认褪了色的笔迹。

“送给爸爸……”

克莱尔显得有些激动：“宝拉。他叫我宝拉，这是我的第二个名字。他本来想给我取这个名字，可母亲在医院就给我起好了名字。”

沉默了一会儿之后，托马苏把照片放回原处：“那些资料，有按时间顺序排列的吗?”

她点了点头：“有，下面那排的，资料是按年代和题材分类，最新的也在那儿。”她走到壁炉右边，一一打开柜子：

“2002年、2003年、2004年、2005年……”

一叠叠资料整齐地摆放在一起，上面标着红色、蓝色或绿色的记号。

托马苏翻了一下这堆资料：“没有分类卡片?”

她摇摇头。

“也没有电脑?”

“没有，不过有个保险柜，但炉膛已经砌死。”

她蹲下来指给他看：“炉膛里的那个铸铁板后面，有个小保险柜，可我没有钥匙，也没有密码……”

他搓了搓手：“弄出来看看!”他随即又问：“装着索邦大学资料的那个包，你带过来了吗?”

她点点头说：“我去拿。”她说着朝门口走去，但马上又改变了主意。

“托马苏?”

“嗯?”托马苏正跪在地上，把资料一份份拿出来，检查上面的名称。

“我们究竟寻找什么?”

他用手指轻轻敲着木门。

“寻找我们该寻找的……”

她笑了。托马苏又转身拿出一份资料，检查夹子上用荧光笔标写的内容，字太小，他费了很大的劲才辨认出来：“希南/君士坦丁堡。”他轻声念着，把资料放在一边。

15

君士坦丁堡，1588年

“科查·米纳尔！”

小学徒温柔的声音让睡眼蒙眬的希南脸上露出了笑容。透过半睁半闭的眼皮，他看见一个羸弱的身影向他弯下腰来，并犹犹豫豫地伸出一只手，想触碰他的衣服。

年迈的建筑师叹了一口气。

“科查·米纳尔？”小学徒又迟迟疑疑地叫道。

希南八十岁了，大多数合作者都用“大师”来称呼他，所以有人叫他“科查·米纳尔”让他觉得备感亲切。

他动了一下手，表示他已听见。

年轻人如释重负，慢慢地站起身来，脸上露出了一丝微笑。

“时间到了，科查·米纳尔，”他轻声说，“国王不能久等。”

希南点点头，从床上坐起来。阳台上吹来一阵过堂风，他闭上眼睛，尽情享受，想从中汲取力量。他懂得如何使用自己的力量，使每个动作都尽可能少地消耗能量。他知道自己现在十分虚弱。

“好吧，”他用颤抖的声音对徒弟说，“备轿，在门口等。我马上到。”

小伙子一声不吭地去备轿了，希南充满爱怜地目送他走开。他的几个儿子都已长大成人并有了自己的孩子，他只有在这些出身贫寒的学徒身上体现父爱。小学徒是个孤儿，小小年纪就加入了土耳其近卫军；而他自己小时候也当过童子军，六十多年后变成了“科查·米纳尔”——老建筑师。

他活动着双腿，紧紧抓住床沿，生怕起身时滑倒。他犹豫是否要喊回那个小伙子，但后来还是放弃了。他太爱面子，不愿意求人。这双布满皱纹和黑斑的手竟然是自己的，让他感到很惊讶。他叹了口气，扶着床沿站起来，转过身，不敢正面看家具，怕家具上倒映出自己因劳累而消瘦的脸、稀疏的头发和灰白的胡须。他弓着身子，满脑子的设计梦好像把他的腰都压弯了。

他站在阳台上，眺望着远方，君士坦丁堡尽收眼底。眼前的景色，这位老建筑师百看不厌，他每天都花很多时间站在阳台上凝视这座城市，修改不断呈送上来的图纸，为奥斯曼帝国的重要建筑尽力。

光是眼前的这座城市，便有五十多座建筑是按照他的设计建造或是根据他的建议选址的。他的目光一下子就落在哈塞基·许雷姆清真寺、王子清真寺、易卜拉欣帕夏清真寺、锡南帕夏清真寺和鲁斯坦帕夏清真寺上，尤其是这个方形城市正中的奢华王苏莱曼一世的清真寺和托卡皮宫，那是他最得意的两件作品。

城市的中心，原先是小街小巷纵横交错、杂乱无章。1509年的地震，如一场世纪灾难，摧毁了大部分建筑，却大大便利了他的工作。他像个外科医生，一眼就能看见常人看不见的排水沟，那都是他指挥修建的。他遥望着城市的轮廓和建筑物的尖顶，欣赏着自己的杰作。那些石头砌成的建筑，能让他感受到城市和帝国的脉动。

老人俯身靠在栏杆上，好像想更靠近他贡献了自己的智慧和能力的地方，他很自豪……命运通过他向奢华王苏莱曼一世提供了一个强大的工具，他让国王相信在让他发挥艺术才能的同时，王国可以得到很多好处。土耳其人统治城市百年未能达到的目的，希南在不到二十年时间里便为苏莱曼做到了：消除了所有不协调的、不和谐的因素，联合了各派宗教……

二十二年过去了，苏莱曼去世已经二十二年，他的继承人至今仍敬重这位老建筑师，既是对先王的怀念，也因为内心的恐惧——他并不清楚自己究竟拥有多大的权力……

不能让国王久等。

希南最后看了一眼这座城市，心想，如果没有当过兵，他永远也不会成为一个如此忠诚的臣民。战斗的场面、可怕的喊杀声、血腥的味道、战败者的求饶突然全都涌现在他的脑海里。他闭上眼睛，想驱走这一切，但做不到。他仿佛又看见自己来到科孚岛，手持武器，穿过大广场、宫殿和威尼斯人仓皇丢弃的富丽堂皇的大厅；战败者跪在地上，双手捧着金子、宝石和法器。那些宏伟的建筑被付之一炬，他感到非常痛惜，并开始梦想有朝一日将建造出同样美的建筑。他还看到自己走进清真寺的图书馆，想赶走那些想焚烧图书的家伙，想扑灭正在吞噬扔在地上的书稿和卷轴的大火。他在书架前跑来跑去，想寻找配有精美插图的建筑书籍。由于时间仓促，他无法把找到的东西都带走，因而不得不抛弃一些十分宝贵的作品。有一本书，他翻了几页，就认定是一部已经失传的名著，当时的那种激动心情令他毕生难忘……

他心如刀绞，忍着不让自己叫出声来，最后倒在了栏杆边上。

不行，不能让国王等，他不能死，书稿更不能消失。

他使尽全身力气，扶着栏杆，终于站了起来，但他感到有人正在碾压他的胸膛，痛得他眼冒金星。他想喊叫，却发不出任何声音。他望着以他的名字命名的那座清真寺，那座八角形的塔楼开始旋转起来，且越转越快；与此同时，一个黑点越来越大，最后遮住了他的全部视野，他眼前一黑……

16

太阳消失在教堂的钟楼后面，棚架和整个平台暗了下来。

克莱尔坚持要坐在平台上。托马苏想，这是出于某种习惯吧，便没有反对。况且，现在天气也暖和了。

他合上从索邦大学弄出来的最后一份资料，用手揉揉眼睛。刚在椅子上躺一下，他便感到有些倦意，也许是天渐渐黑下来的缘故。

克莱尔也合上翻阅了半天的资料，放下铅笔。

"让我们归纳一下吧，"托马苏说，"如果我忘了什么，你就打断我。关于谁是凶手，我们一无所知，也不知道向我们开枪的是什么人，更不清楚他们是否是同一伙的。总之，没有任何线索把这些事与迦太基以及他们认为我正在寻找的沉船联系在一起……"

接着，他话锋一转："不过，至少对你父亲的研究我们更清楚了。他近期只对三大课题感兴趣：迦太基的考古、原始天文学和某些建筑物的建筑科学，确切地说是十五座建筑物，都写在这张纸上，旁边还有它们所处的城市和建设者的名字，看起来好像并没有顺序，但并非没有真正的关系……而且，某些建设者也成了特别研究的对象。"

克莱尔弯下腰来看他刚才说的那份在打字机打的单子。

托马苏接着说："现在，有的东西还不太清楚，首先是这三个研究课题之间的关系。在这方面，要参考编号为'ST'加序列数字的一个记事本，可我没发现。是在他的挎包里还在他的手提电脑里？我唯一的参考资料是一个名叫阿隆·戈维茨的人所发的电子邮件，上面标着‘ST12’。”

他把一张沾满灰尘、皱巴巴的纸递给克莱尔。

“听说过这个人吗？除了他，我们没有其他人的线索。你父亲做事极为谨慎，这些研究课题，他没有跟任何人通过邮件，我感到很惊讶。或者，他把联系人的名字和有关邮件，也许还有关于他自己的资料保存在其他地方了。”

她咬着双唇，摇摇头。

“没关系，这个问题我们以后再谈。另一方面，我们又十分幸运：如果不是一阵风或是一个不经意的动作让这张纸卡在桌子和书架之间，我们就要大费周折了。”

他停了下来，发现克莱尔一副不以为然的样子。

“怎么啦？”

她耸了耸肩：“没什么。总之，不可信。你根本不了解我父亲。”

托马苏很吃惊，睁大双眼：“你的意思是……”

克莱尔显得有些恼火：“你如果了解我父亲，就不会认为我们得到这张纸纯属偶然。他这个人心细到了极点。”

托马苏默默地点了点头，沉思着。

起风了，克莱尔好像有点发抖，托马苏把自己放在椅背的毛衣递给她。

“你不冷？”她披上毛衣，问道。

托马苏摇了摇头，接着说：“第二点更让人费解，那就是资料的内容本身。”

他递给她一份记录，上面写着许多数字和数学公式。

克莱尔摇了摇头：“看不懂。”

她有些生气，这从她说话的口气中听得出来。她动作有些粗鲁地指着椅子旁的那堆资料：“天书一般。”

托马苏不知道她为什么突然生气。是那份资料还是别的偶然因素？抑或仅仅是疲劳的缘故？

“所有的资料好像都大同小异，”她又突然说，“一连串数字，同样内容的图纸，引用深奥的著作，加上简要的注释……”

“对了，”托马苏突然一拍大腿说，“在你父亲亲手绘制的这些草图上，点与点之间都用线条或箭头连接了起来。”

托马苏突然激动起来，为了让她看得更清楚，他竖着拿起其中的四张图。

前两张分别是罗马的圣皮埃尔大教堂和一座酷似法国国民议会的建筑。

“右边的图是哪里？”克莱尔问。

他扫了一眼图纸上方，说：“如果没有弄错的话，应该是北京的紫禁城，另一张是东京的皇宫。”

这些线条胡乱相交，不知道根据什么规则把许多不同的点连接起来。下方的剖面图则对上面的平面图予以补充。

托马苏把这几张图铺在桌上：

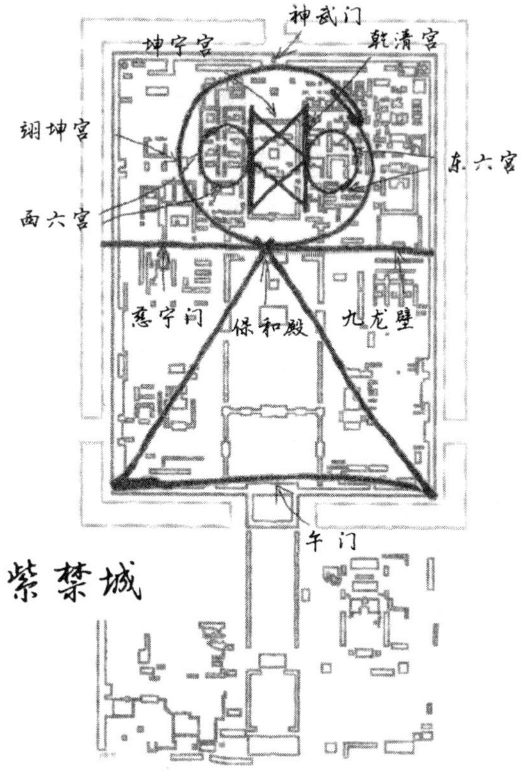

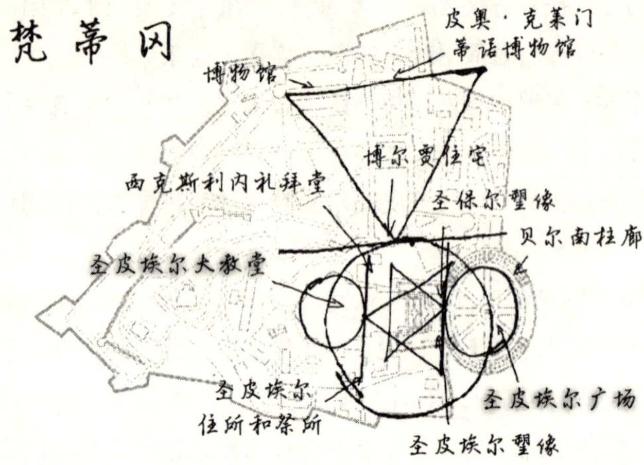

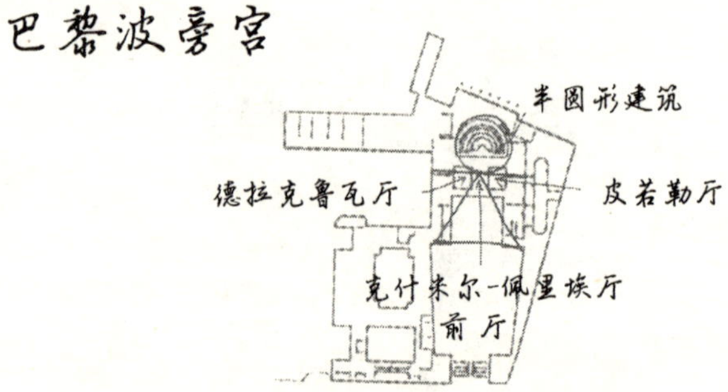

“第三个让人不明白的地方是，为什么有关波旁宫的资料归档和加注时都使用‘ST’标记，还有许多段落下面画了线。你父亲还收集了许多与暗杀前夜的爆炸有关的剪报。”

他重新拿起其中的一张图。

“每个点线相交的地方都有相同的说明。我曾试着对建筑物进行过比较，有一些相似之处。你看——”

他拿起一张半透明的纸，上面画着三个圆和一个三角形，放在每张图的上面。

“如果只留下某些点，就会得到完全一样的图，而且这些图每次都出现在同样的地方。”

克莱尔默默地看着。

“我认为这是一些等高线或是不同斜度的线，也就是说，这些线应该形成某个三维空间，一个复杂的图形，也许与某个方程式相呼应。当然，还要仔细再看看……”

托马苏慢慢地把那张半透明的纸移来移去，好像在拼凑什么。

“第四个问题，你父亲跟某个名叫戈维茨的大学教师有联系，却不让人知道。这是为什么？最后一点，”他强调说，“也就是第五点，你看这个。”

他拿起一个黑色的仿皮记事本。

克莱尔睁大眼睛：“这是什么？是在壁炉的保险柜里找到的吗？”

“不是，保险柜是开的，里面没有任何东西。奇怪的是，这个本子就藏在书架的木板后面。”

克莱尔大吃一惊：“你把书架拆了？”

“没有全拆。很巧，一堆资料碰到木板上，木板发出了空洞的声音，其中一块从墙上掉了下来，木板可以移动，藏匿方便，难以发现。”

“那又怎么样？”

“里面有个账本，其中一部分是密码，但不难破译。账号不全，也没有开户人的姓名和地址。”

克莱尔突然脸色刷白。

“你父亲拿了钱。不知道从哪里赚的，也不知道是从谁那里赚的，但他显然赚了很多钱，粗看在二三百万欧元或美元之间。所以，他也许真的拥有一些很重要的信息，曾要挟过别人。”

克莱尔“腾”的一下站起来，两眼冒着愤怒的光芒：

“听着，你说的这个人，你从来没有见过，更不了解，你对他一无所知，你却把他说得像个流氓、像个罪犯！我不得不遗憾地提醒你，他是我父亲，被暗杀才三天，我们在寻找的是杀他的凶手。”

克莱尔突然如此冲动，说出这样的话，让托马苏感到很惊讶，他站起身，试图平息她的怒气。

“我没有这么说，克莱尔，你别这样想。我只想知道你父亲是什么样的人、做些什么。我只是觉得有点奇怪……”

“我所感兴趣的，”她冷冷地打断他，“是弄清这些事是谁干的。我要报仇。我知道你所关心的是让你的沉船浮出来，这很好。如果你不想继续介入此事，我不怪你。也许你是对的，你最好把这件事全忘了。”

她转身向楼梯走去。

“克莱尔！”托马苏喊道。

回答他的只有克莱尔飞快下楼的急促脚步声。

*

托马苏看了看表。六个小时过去了。他坐在书房里，看着窗外繁星闪烁的天空。他把所有的资料都研究了一遍，累得两眼发酸。

走廊传来了响声，有人来了，是克莱尔。她出现在门口，脸色阴沉，那块小小的绿宝石戒指在她手上亮晶晶的。

他想说话，她却抢先开了口：“第一份资料是关于法国国民议会的，第二份涉及英国议会，表上列的第三和第四座城市是哪里？”

他毫不犹豫地说：“罗马……”

她打断他，声音有些颤抖：“和布鲁塞尔？”

他点了点头，感到有些吃惊。

“没错。为什么这么问？”

克莱尔答道：“我刚才听了广播。今天上午和下午有两起恐怖袭击，仅间隔几小时，袭击的目标是罗马的圣皮埃尔教堂和布鲁塞尔正在施工的欧洲委员会新址，两处都受到了严重破坏。”

*

他们面对面坐在厨房的大餐桌两边，托马苏看了一眼克莱尔，光线从头顶的吊灯射来，使她的脸色显得更加苍白。她好像很累，两眼盯着拿在手里的杯子，刚才在电视上看到的那些可怕的画面似乎仍历历在目。与巴黎和伦敦的爆炸事件一模一样，警车和救护车从四处赶来，墙塌了、大梁被炸断、玻璃飞溅……新闻节目在滚动播出，记者都弄不清哪起灾难先发生。

相关国家，比如美国和俄罗斯，立即召开了内阁会议，加强了防范措施，启动应急机制。

“对不起，”克莱尔轻声说，“我不该发火，我……”

托马苏推开自己的杯子，往后挪了挪座椅：“不提了。我也很抱歉，我不该那么粗鲁……”

克莱尔把盆子和盛沙拉的碗推到桌子一边：“我父亲这个人很神秘，他在某些方面令人钦佩，可我并不怎么了解他。我曾经几年不跟他说话、不理他，可他并没有因此而不安，我感到很难过。我想我对他许多方面都不了解，也许我对他的印象全都错了？”

她喝了一口酒，然后站起来。月光从窗外照进来，晒在他们身后的炉子上。

“我也希望能像他一样，却不知道怎么才做得到。这很蠢，对吗？我当了记者，是因为我无法成为某一方面的专家，也就是说我一事无成。”

她叹了口气，把手插进毛衣的口袋里：“你呢？”

托马苏惊讶地看着她。

“我是说，你有家吗？”克莱尔解释道。

“我有妻子，还有一个女儿。”

“我是问你父亲，问你的父母。”

托马苏没有立即回答，他仿佛陷入了沉思，好了好一会儿，才心情沉重地说：

“他们都去世了，当时我才十一岁。他们是被淹死的，那天早上，人们来通知我时，我正在意大利的亲戚家度假。我清楚地记得我当时有种奇特的感觉，一种骨肉分离的感觉。我蒙了，心里充满恐惧，因为我无法记起他们的样子，那时我已有三年没见他们了。”

克莱尔耸耸双肩，表示抱歉。

沉默了一会儿，她站起来收拾桌子，要他坐着别动。她把盆子放在洗碗槽里。深色的家具和被炉子熏得漆黑的墙壁使房间显得有些苍凉。

托马苏看着她，她正忙着洗餐具，他想她一定是在转移话题，不想让他太痛苦，他有些感动。

“我不想让你伤心。”克莱尔说。

“我想再喝一杯。”托马苏拿起酒瓶。

“为什么那么长时间没有见到父母?”

“从小就这样。我父亲是苏格兰人，职业外交官。他在意大利那不勒斯旅行时遇见了我母亲，但婚后他们从来没有在这两个国家住过。父亲非常爱我母亲，他们感情很深，以至于我有时觉得自己是多余的。我小时候在欧洲多个国家跑来跑去，直到我奶奶去世，当时我八岁。父母决定让我去苏格兰陪爷爷，他住在爱丁堡附近的马克·多内尔城堡，一座典型的苏格兰城堡。你听说马克·多内尔家族吗?”

他微笑着继续说：“这是一个有名的家族，1500年至1750年间，其后人有许多被关进监狱、在战场上战死或因反对英国王室而被当众处死。尽管如此，香火并没有断。也许正是这个原因，我们才把蓟草作为象征物的吧？爷爷在城堡和伦敦的一个寓所里轮流居住，我当时几乎每年都要陪他十一个月。我永远不会忘记我到达那里的第一个夜晚，爷爷的司机把我领到‘鹰巢’里，一个农民把我吓得半死。其实，对八岁的我来说，一切都让我感到恐惧，甚至连爷爷车上的大座椅也会吓我一跳。我来自温暖如春、充满阳光的意大利，这里却是狂风呼啸、惊涛拍岸，黑乎乎的石墙直往外渗水，天寒地冻、嘈杂不堪，我浑身起鸡皮疙瘩。爷爷对我总那么冷漠，好像我是一个天外来客。用人带我去我住的房间，我好像爬了很久的楼梯，至少在我的记忆中是这样，终于来到了顶楼。房间是圆形的，甚至房门和通向盥洗间的门都是圆的，但最让我惊讶的是，刷过石灰的墙上全是壁画，画的是蓝胡子和他的妻子们的故事，画得惟妙惟肖，有半开半关的壁橱、有悬挂着的尸体，可怕极了。”

说着，托马苏露出一丝苦笑：“我在那里住了三年。后来，在第三年夏天，我在意大利度暑假时，父母去了苏格兰。我计划好三天后跟他们会合，可再也见不到了：就在我要见他们的那天，他们驾小船出湖，溺水身亡了。没有人知道究竟发生了什么。”

他沉默了一会儿，接着说："爷爷从此便整天关在城堡里，闭门不出。他变卖了他在伦敦和其他地方的家产。我想他以后再也没有离开过他的领地。他跟我说话就更少了，有时甚至斜着眼看我，好像我会让他想起不愉快的事情……"

他又停了下来，收起空酒杯，放进洗碗槽里。

这时，克莱尔坐下来，说："我也很喜欢苏格兰，小时候常去那里，坐船去。父母喜欢去那里度假，母亲觉得太凉，可我喜欢大海，经常在海里一泡就是几个小时，直到嘴唇发紫，被冻得浑身发抖才上岸。母亲见状赶紧带我回去，父亲惊讶地看着我们。他很少出门，总在工作，我不记得他是否独自跟我玩儿过，也许正因为如此我才去远方求学。我想让他知道我的价值，打算让他大吃一惊。"

托马苏出神地看着克莱尔，她手里拿着抹布，陷入了沉思。

"越南呢？你去越南也是这个原因？"他问。

克莱尔过了好一会才回答说："那时太幼稚了。"

她把抹布放在桌上，绞着双手："我应该知道，父亲是个工作狂……"

托马苏感觉到，她的话里充满了痛苦。

为了掩饰自己的心情，她走过去整理餐具，托马苏突然发现自己正盯住她看。在这之前，她似乎从来没有这么伤心过，也没这么漂亮过。

克莱尔干完活，用挂在柜门上的抹布擦擦手，然后用完全不同的语调继续说："我查看过父亲的地址本和大学通讯录，找到了你一直在找的那个名字。发邮件的那个人名叫阿隆·戈维茨，通讯地址是耶路撒冷萨利姆中心的考古学院……"

托马苏也转过身用那块抹布擦了擦手，看着她。

"……法国国民议会，然后是英国议会，之后又是其他两处。如果仅仅是一种巧合，那就太不可思议了。如果不是，那我父亲在里面又做了些什么？"

托马苏耸耸肩："不知道，克莱尔，所以我们得继续寻找，重新研究这些资料和数字，其中肯定有原因、有联系，某个可能与迦太基、沉船或戈维茨有关的东西。很难找，但这是我们唯一的线索。”

他停了一会儿，又说：“至少你父亲在资料里所提到的第五个建筑不会被毁……”

克莱尔不解地望着他。

“……因为两千多年前，它已经被毁过两次。”

克莱尔脱口而出，说了一个地名。

托马苏点点头：“是的。你父亲在单子里提到的下一个建筑，就在那座城市，耶路撒冷的圣殿！”

17

看着文件不断地送来，警察分局局长布朗托姆气得瞪大眼睛。他最讨厌一大早就有人来敲办公室的门——没见他正在欣赏从塞纳河对岸的建筑物后面升起的太阳吗？

一艘驳船从新桥下经过，他正看得入神，又有人打扰，他怒视着破坏他兴致的人：一个戴着细边眼镜的年轻警察出现在他面前。是埃米耶警长。

“局长，好消息！”

布朗托姆打量着他，好像没有听懂他的话。

埃米耶向前一步：“您看一下！是英国同行的回电。这次他们动起来了，自己家门口遇到袭击，行动就快了。”接着他又压低声音补充了一句，“这可以理解。”

“别卖关子，”布朗托姆说，“我最讨厌你跟我捉迷藏！”

埃米耶一屁股坐在局长对面的旧椅子上。

布朗托姆想，如果这个满面春风的家伙再不开口，就把他从办公室里撵出去。显然，这个下级惹他生气了。

埃米耶好像没有注意到上司厌恶的神情，说：“您打开看看，上面有我们要寻找的那个律师的全部资料，那个加西厄，我们有他的手机话费清单。他死了，很偶然地成了英国议会爆炸的陪葬品，颈动脉被玻璃割破了。不，现在只能说是一起事故，活该！更有意思的是，他临死前，正在接待客人，而那个来访者正是加西厄死前给他电话留言的人。一个死亡天使……”

看见布朗托姆眼睛一亮，埃米耶笑了："还有呢！您猜，谁在加西厄家里和他在索邦大学的办公室里留下了痕迹？"

布朗托姆从座椅上慢慢地站起来。他现在明白了，为什么每次都能忍受埃米耶的无礼：这个下级尽管讨厌，但每次总能提供一些有用的东西。

"同一个人，一个叫托马苏·马克·多内尔的人。你再猜猜我们是怎么知道是他的？五年前，在全国建筑经济研究中心考古学研究室的一起案件中，我们曾取到过他的指纹。"

布朗托姆露出了笑容："很好，把相关案卷都给我拿来，要装订好的。"

埃米耶点了点头。一道强烈的阳光从窗外照进来，他不得不眯上眼睛。他犹豫一下，又说："我们最好发一个协查通知。这个人现在失踪了，但他的妻子和女儿还在巴黎。"

埃米耶朝门口走去，但又折回来："对了，还有一件事。加西厄的女儿今天本来约好来局里的，但没有来。"

布朗托姆耸耸肩，说："以后再说，先给我找托马苏。"

正当埃米耶要出去时，布朗托姆又叫住他："那个托马苏，他从加西厄家里和办公室取走什么东西了吗？"

"不知道，加西厄家里已被翻得乱七八糟。至于他的办公室，我们正在让人清点。"

布朗托姆坐回椅子上："加西厄家里的枪击和追捕是怎么回事？"

埃米耶耸耸肩："确实交过火，但现在还不知道是谁朝谁开枪？学校里的教师也说不清楚都是些什么人，有多少个人。总之，最好是找到马克·多内尔，让他给我们把那些乱七八糟的事情讲清楚。"

布朗托姆点点头，说："弄清他在哪里，找到他！他妈的！真给我们添乱，好像我们没有别的事可做了！爆炸案的调查还没有大的进展……

18

出租车在台阶旁停下，司机指了指老城墙上巨大的石门，说：“到了，这就是雅法门。”

托马苏谢了他，付了车费，依依不舍地离开装有空调的出租车。一开车门，一股热浪就迎面扑来，热得让人简直喘不过气。

耶路撒冷老城的街道狭窄，两旁的店家都支着布帘，以遮挡阳光，但摊店里出售的香料、水果和肉制品散发出来的味道使这里变得更加炎热。商贩和前来采购的居民在街上匆匆来往，托马苏像是被人流推着走。他回忆着地图上所标的街道名称，找到了左边通往犹太区的岔道，便在维亚多络罗萨拐弯，向大马士革门走去。通向圣殿广场和阿克撒清真寺的街道已被封锁，有以色列士兵把守，禁止通行。走到能看见狮门的地方，他发现已人迹渐稀，他沿着老城墙的脚下往前走，路很窄，两边的房屋完全遮住了阳光，但托马苏还是浑身是汗。终于看见了旅馆的招牌，他加快脚步，走上台阶，叩响了门环。

*

“巴黎、伦敦、罗马和布鲁塞尔的四起恐怖事件，引起了全世界的不安，但这里似乎并未受到影响。”托马苏想。离他只有几百米处远的地方就是哭墙和圣殿广场，一些孩子正在那里嬉笑玩耍，一片和平景象。

他靠着水池，坐在阴影下，看着老城。清真寺的金色圆顶在阳光下显得非常耀眼，他不得不眯起眼睛。克莱尔选对了地方——还有什么地方比城市中心游人最多的街区更安全、更不易被人发觉呢？这个集世界三大宗教为一体的圣地是最理想的庇护所。这个年轻的考古学家一直梦想，有朝一日也能在这个国家发掘历史遗迹；他想起他曾去过一次红海，穿越西奈半岛时，山中有很多绿牌。人们告诉他，那都是准备发掘的地方，但因缺乏资金而无法动工。

托马苏看了看表，决定再等一会儿。他提前到了。根据地图，从附近的狮门到那所大学用不了二十分钟。他还在想，事先不打招呼就去拜访那位以色列教授是不是不太好。克莱尔已打听了教授所开的课程和上课时间，她精心计划了这次旅行，却不得不让托马苏独自前往，她感到有点失落。

“太危险，”他说服她用了很长时间，“我一个人更隐蔽，如果两个人去，我们很快就会被人发现。再说了，他们要找的正是你。不能让他们一下子就发现我们的行踪。你好好隐蔽，在这里或在巴黎继续研究那些资料，千万小心……”

克莱尔此时在什么地方呢？是否已打消警察对她的怀疑？分手之后，他多次想到这些问题。

托马苏又查看了一下手机，看是否有伊莎贝尔的电话，但他失望地发现，三个来电都不是伊莎贝尔的。他恶狠狠地看着手机，好像这么长时间没有伊莎贝尔的消息都是由它造成的。三天前，他给她发了一个短信，但没有说是从哪儿发的，但到现在还没有回音……他觉得伊莎贝尔是不是有点过分了。马蒂尔德怎么样？他很担心，希望伊莎贝尔能及时收到他的短信，他在短信中告诉她，万一无法再用手机联系，该如何碰头，何时？何地？

*

托马苏离开奥弗涅后，先开车从高速公路去巴塞罗那，入境前，他在蒙佩里埃换了车和手机。五个小时后，他到达了瓦朗斯，把车停在新区的水族公园附近，然后给安托万打电话。他编了一个英文假名，说自己是供货商，要求见面。安托万当然听出是他，但没有揭穿他。他提前两个小时到达了很久以前就约好的地点——动物园门口，以避开那些为了获得信息而采取各种技术手段的竞争对手。

白色的石板路面散发着灼人的热气，新歌剧院的玻璃幕墙刺眼地反射着阳光，那栋未来派风格的建筑就像是宇宙飞船上的钢铁巨人和玻璃巨人。托马苏正欣赏着。远处出现了安托万的身影。

托马苏发现，朋友一脸忧虑的样子。

“出什么事了？”他问。

“托马苏，你到底干了什么破事？”

安托万粗大的双手抓住他的胳膊，差点把他从地面上提了起来：“告诉我，你是不是干了一件蠢事？”

托马苏从朋友的大手中挣脱出来，退后一步，看着对方：“你怎么了？安托万，我来了！我们还活着，沉船还没有打捞起来，但这只是个时间问题……”

“得了，”安托万挥动胳膊，打断他的话，“我说的不是这些！我想知道的是那些陌生人为什么会朝你开枪。法国和西班牙的警察都给我来过电话，调查你的行踪。他们问了一大堆问题，关于那两个死者，关于伦敦和巴黎的爆炸事件，他们显然认为这些与你有关。”

他停了一下，有些上气不接下气，好像一口气把这些事情说出来让他的呼吸系统发生了紊乱。

“老兄，你起码要告诉我，欧洲多地发生恐怖事件是怎么回事？我们在其中又都干了些什么？”

托马苏笑着把手插进兜里，用下巴指了指动物园的大门：“好了，我们去向海牛问个好。如果我们一直待在这里，别人还以为我们在吵架呢！”

他拉着安托万的胳膊，边走边把最近发生的事情告诉了他。

*

清真寺尖塔上响起了钟声，祈祷的时间到了。

“该走了。”托马苏依依不舍地站起来。

他在与安托万见面的当晚就离开了瓦朗斯，先是去了塞浦路斯，然后乘船去以色列。伊莎贝尔终于回电了，但让他很不安：

“来了两个家伙，年轻的那个怪怪的，戴着细边眼镜，十分冲动。他们不断问我同样的问题：你在哪儿，我什么时候见过你，你过去是干什么的……”

托马苏抖了抖裤子上的尘土，离开了平台，叫了一辆等在狮门对面接游客去橄榄山的出租车。他坐的那辆出租车在飞扬的尘土中刚在狮门前掉完头，就有一个身影从树荫里钻出来，也拦了一辆出租车，跟了上去。

*

托马苏下了车，看着这栋漂亮的教学楼。萨利姆中心有几百名大学生，原来是个政治研究中心，后来校方决定把研究课题扩大到所有人文科学，其中包括考古学，所以现在成了一所综合性大学。

他脱下上衣，拿在手里，前往主楼。在门口，门卫简单搜了一下他的身，对他的来访原因没有产生任何怀疑。他松了一口气，向接待处走去。

一个女接待员微笑着用地道的英语在地图上给他指路。

“戈维茨教授在B楼十二教室上课。”

他道了谢，朝她所指的方向走去，穿过铺着石子的院子，进入附属楼。他找到了戈维茨上课的阶梯教室：能容纳百余人的教室里座无虚席，一个矮胖的男人，声音尖细，拖着长腔，正在用希伯来语讲课。

托马苏看了看表，还有几分钟才下课。此时正值傍晚，教室里气氛沉闷，灯光刺眼，几个年轻人强忍着不让自己睡着，这让他想起自己的学生时代。他对上课的内容一句也听不懂，试图从学生的目光中猜测他们在想什么，也许有的正在想马上就要到来的考试，有的在想晚上的约会。

他站在门前等待，下课铃很快就响了，学生急不可耐地向门口涌来，他迎着学生，走向讲台。老先生擦完黑板上的字，刚收好教案。他大概在一米六五左右，体重一百公斤上下，行动缓慢，好像每走一步都要耗费不少气力。

看见托马苏，他正在扣包的手停住了。

“戈维茨教授吗？”托马苏微笑地问道，“我叫托马苏·马克·多内尔，是保尔·加西厄的女儿的朋友。”

听见加西厄这个名字，戈维茨的目光中流露出了好奇的神色。

“加西厄的女儿。”他用英语说，“保尔好吗？”

“先生，这正是我来找您的原因：保尔·加西厄死了。”

戈维茨大吃一惊，差点跌倒：“保尔·加西厄死了？”

他尖叫起来，声音比讲课时还要尖细。随后，老教授不安地转过身去，好像为自己讲话太大声而感到抱歉。

托马苏没有马上回答。他们身后，最后离开的那几个学生也出了教室，双扉门“嘭”的一声在他们身后关上，教室里安静了下来。

“我不敢相信，”教授说，“他曾……”

他止住话头，透过镜片看着托马苏。尽管有空调，可他的额头上仍渗出了汗珠，稀疏的头发贴在几乎是光秃的脑门儿上。他从裤袋里掏出一块手帕，短袖衬衣的领口大大地敞开着，露出汗毛浓密的胸脯。

“您是干什么的？”

托马苏打开挎包，拿出一沓资料，是建筑设计图纸，旁边有许多数字。

教授的脸色一下子变得刷白，他认出这是几公里外的圣殿的建筑图。

“我需要跟您谈谈。”

*

一小时后，在阿隆·戈维茨的办公室。

教授下意识地晃动着手里的玻璃杯，杯里的冰块几乎都化了。托马苏坐在他对面，默默地看着他。墙上挂着照片，有几张是戈维茨在考古发掘工地拍的，还有几张是他在台上颁发证书和奖状。办公室的装饰很朴素，白木的桌椅，简陋的书架。

托马苏把自己知道的事情都告诉了他，他听得很认真，显得非常伤心，还扫了一眼托马苏带来的资料。

“您说的事情让人不安，可我不知道怎么帮您。”他摊摊手，表示无能为力：“谁会这么恨他呢？我不知道他的研究是谁资助的，也不知道他究竟在研究什么。说实话，我不知道您要寻找的空文件夹里装着什么。他这个人很神秘，问的问题很具体，但彼此之间并非总有关联。”

他往前走了一步：“要知道，他和我在玩游戏，一种神秘的游戏，他乐此不疲。而且，他行事秘密。如果不是为了争取时间，我敢打赌他不会向我提任何问题，因为我熟悉考古史，他来找我仅仅是因为我们之间有这种关系。”

托马苏不知道为什么突然对这个老人产生了信任感。

“你们是怎么认识的？”

戈维茨清了清嗓子，回答说：“差不多二十年前，在瑞士举行的一次学术研讨会上。我不清楚您是否了解这座城市的考古史？”他扬了扬眉毛，问道。

托马苏摇了摇头。

“在耶路撒冷，您可以想象得到，做什么都不容易。科学从来不仅仅是科学，而总是跟信仰和政治扯在一起。你肯定也知道，我们这所大学也有政治背景，”戈维茨笑着补充说，“所以，那次研讨会是在一种十分紧张的气氛中举行的：大量的论文都想证明，耶路撒冷和犹太教之间的关系是虚假的、事先捏造的。尤其是管理圣殿山的部门，想竭力表明那个地方从来就没有过什么圣殿。他们在那里进行发掘，毫不犹豫地破坏一切。会上的论文在许多方面都产生了巨大影响。”

戈维茨站起来，从书架上找出一本书，递给托马苏。

“基思·惠特兰姆的《巴勒斯坦史禁》，哥本哈根学派的著作，此类作品中最著名的一本。”

托马苏把书放在桌上。

“研讨会的气氛紧张，争论激烈，我从来没有见过这样的研讨会。保尔·加西厄作了一个让人期待的重要发言，他谈到有关《圣经》的故事，《圣经》与埃及、美索不达米亚口头传统之间的关系，然后在这种关系的基础上，根据这些互相印证的证据，认定此地有过圣殿。他的推理十分具有说服力，上世纪八九十年代的重大发现弄清了圣殿旁有大卫古城，其中就有他的功劳。我们就是这样认识的。二十多年来，我们一直保持联系。他来这里看过我两次。我也利用在突尼斯逗留的机会，在他的要求下作了一些研究，很盲目，并不知道他的意图。”

托马苏突然警觉起来：“突尼斯？”

“对，他对迦太基遗址的发掘感兴趣。我们主要通过信件和电话联系，最近开始使用电子邮件。”

托马苏激动得不能自已。迦太基！加西厄的研究果然与沉船有关。

“是的，我看过其中的一个电子邮件，”他努力控制自己的语速，“但其他邮件都不见了。正是那个电子邮件让我找到了您，但那是一个转发的，提到一个记事本，一个标记为‘ST’的记事本。那两个缩写是什么意思？”

戈维茨往前欠了欠身：“意思是……‘坦尼特标志’。这是他这两三年来研究的课题。您知道坦尼特是谁吗？”

托马苏掩饰不住内心的激动：坦尼特！

“……迦太基的母亲女神？”

“没错，但不止是这个意思。坦尼特是个保护神，从公元前400年起，人们就在迦太基找到了她的痕迹，在小亚细亚、美索不达米亚，在这里或埃及就更早了。赫拉克利特、西西里的狄奥多罗斯、柏拉图直至埃罗多托和斯特拉博，所有大学问家都对这一神像感兴趣。”

戈维茨站起来，不由自主地又摆出教授的样子：

“所谓坦尼特标记是一种常见的象征，在小塑像、护身符、镶嵌画和陶瓷器上经常可以见到。实际上，它是一个三角，三角尖上有一道水平线，线上有个圆。”

他从桌上拿起一张纸和一支笔，走到托马苏身边，画了一个草图：

托马苏顿时脸色发白，在加西厄的乡下别墅里找到的图纸上就有这一图案。

“您看，”戈维茨接着说，“好像是一个妇女张开双臂。有些人认为这是变形的顶环十字饰、埃及顶环十字饰、生命的象征……但尚未得到证实……生殖、生命、礼拜仪式，在这些方面有过很多假设。大家倾向于认为，它表示（由女性形象所代表的）人间和（由新月及圆月所象征的）天国之间的关系。”

托马苏惊呆了，默默地看着草图，满脑子问题。沉船、加西厄及其研究之间有什么关系？几千年前的女神怎么会跟现在的恐怖爆炸联系在一起呢？他被搞糊涂了。

“那加西厄是什么意见？”终于，他抬起头，看着戈维茨，问道。

戈维茨笑了，眼睛里闪着光芒：

“他认为这是一个建筑象征，人们把那些东西混为一谈是错误的。这一标记有多种表现方式，彼此之间或多或少有些相似，但都不相同。只有这个，”他指着图案，一字一顿地说，“才是真的，也就是说具有真正的意义，其他都是演绎。”

托马苏迫不及待地问：“那这个建筑象征又是什么意思呢？它与圣殿有什么关系？”

“啊，这个……”

戈维茨盯着他的眼睛，然后用食指轻轻地敲了敲写着数字、画有草图的那几张纸。

“听说过斐波那契这个名字吗？”

托马苏摇了摇头。

“黄金分割呢？”戈维茨又问。

托马苏还是摇摇头，这些东西好像毫不相干。

“是的，这是一个不断重现的主题，”戈维茨像在背诵一篇课文，一道具有美学意义的数学题，“我们之所以觉得某种建筑漂亮，就是因为黄金分割原理在起作用。黄金分割是关于建筑比例的一个方程式，反映着建筑物各部分之间的关系。”

托马苏看着这些图案和数字：

“您觉得它跟加西厄家里找到的资料有关吗？”

戈维茨摇摇头：

“关系不大。其实，这正是保尔想研究的东西：建筑学上有一些基本法则，可以让建筑物对人类产生美感。但加西厄对黄金分割的看法，与大部分研究这一课题的人都不同，其中包括斐波那契。你知道，从毕达哥拉斯起，黄金分割就成了人们研究的课题。数百年来，有人试图让世界与自然保持平衡，想理解并掌握美感，斐波那契就是其中最著名的一个。您给我看的图案当中，有些东西让我想起了斐波那契序列数的传统计算方式，这是与黄金分割有着多重关系的一系列数字，其公式通常为序列数n等于n–1+n–2。您给我看的数字中可找到这样的根式：

$$F_n=\frac{1}{\sqrt{5}}\left[\left(\frac{1+\sqrt{5}}{2}\right)^n-\left(\frac{1-\sqrt{5}}{2}\right)^n\right]$$

“可这一公式要复杂得多……我看不出它和其他因素有什么关系。”

戈维茨莫名地激动起来，急急在书架上寻找一本书。

“找到了！”

他抽出一本厚厚的书，封面已经发黄磨损：

“以这本书为例：《建筑和谐学》，作者试图在这五百来页的书中表明，美感可以通过客观的数学公式来表达……结果陷入了死胡同。保尔不是这样研究的，他反其道而行之。他认为，把建筑和人类联系起来的东西，不可能通过公式来表达，因为美学问题无法用数学来解决。你看，”他又翻了一页，说，“在这张图上，两条线看起来是交叉的，实际上并非如此。”

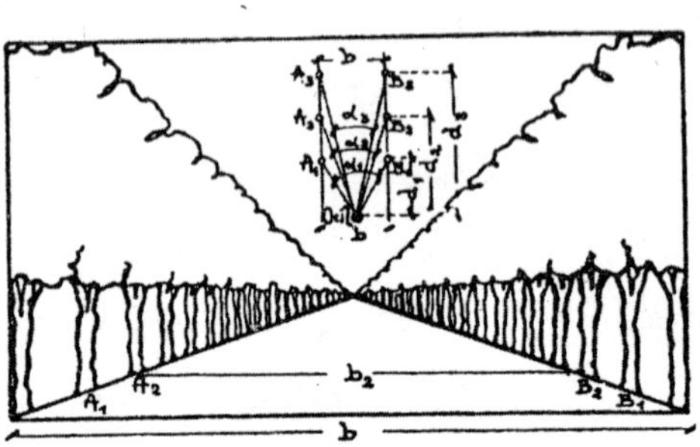

“再看这张：

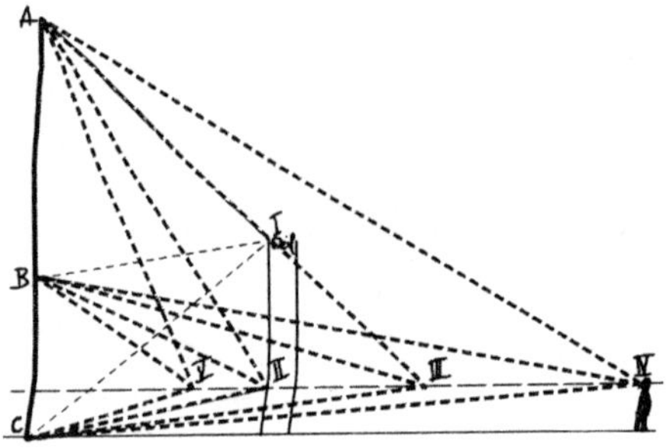

“您看，站在某一距离，按照黄金分割即按 1: 0.618 的比例设计出来的一个建筑，并不能让人看出这种关系，而是相反。几何是一回事，视觉生理学是另一回事。加西厄指出的正是这一谬误，他坚信，认为可以通过数学来解决美学奥秘的人，都是从一个错误的公式出发的。根据这一假设，他把自己的计算全部推倒重来。”

这些图和那些数字在托马苏眼前飞舞，他仿佛又看到了伦敦的大火，看到了洛厄尔的尸体，觉得自己正在做一个荒唐的噩梦。几百年前的这些智力游戏跟不久前的那些爆炸杀人事件有什么关系呢？

托马苏感到越来越不安，戈维茨却好没有注意到，而是自顾自地继续往下说："保尔·加西厄认为，要分析建筑物及其给人的印象，就必须改进常规构图，尤其要重新考虑人的主观因素：每个人的视觉都不同，角度不同视觉也会不同，在建筑物中走动时视觉会发生变化……"

托马苏弯腰看着图纸："这些箭头，会不会是用来表示前进方向的？"

"也许吧，但实际上要比这复杂得多，还得考虑时间的长短。我记得他经常提到'灌输'二字，要凝视事物，把它们印在脑海中，正如时间的长短能影响照片的效果一样。"

他停顿了一下，然后对托马苏说："我得带您看一些东西。"

他看了看表。

"你住在旅馆里？哪家旅馆？"

"在老城，靠近狮门。"

戈维茨点点头："今晚十一点，我们在橄榄山客西马尼公园的铁门前见面。我会带记录本去，让你看一些很少人见过的东西。"

托马苏由衷地说："谢谢。"

"不用谢我。我还不知道保尔是否真的像您所说的那样被人暗杀了。他为我做了太多的事情，我不能不帮助想了解他的人。"

"我这张纸可以给我吗？"托马苏问。

戈维茨点点头，托马苏把它拿起来又看了一会儿，好像要把这个小小的几何符号刻在脑海里。

他把那张纸叠起来，放在口袋里。随后，两人一起走出阶梯教室。

"你给学生上什么课？"出门时，托马苏问教授。

19

让·梅尔莫兹街狭窄的人行道上，人们脚步匆匆，布朗托姆局长不得不在人群中穿来穿去，免得撞上行人。上车后，他“嘭”的一声关上车门。埃米耶坐在驾驶座上，臂肘靠着椅背，转过身来问：“怎么样？”

布朗托姆说：“搞不太清楚。”

车子驶入通往香榭丽舍圆形广场的一条街道。

“他们到底想干什么？”

“想讨好我们。以色列防务专员想讨好我们，这让我感到十分厌恶。”

到了新桥，为了行车方便，埃米耶拉响了车上的警笛，尖厉的“呜呜”声吵得他们无法说话。

为了快走，埃米耶突然并线，驶向右边的车道，挡住了另一辆车，那辆车一个紧急刹车，警车也跟着剧烈摇晃了一下。

布朗托姆瞪了埃米耶一眼，一字一顿地说：“Timeo danaos et dona ferentes。”

埃米耶愣住了，他没听懂。

布朗托姆笑了。“我怕希腊人，哪怕他们给我送礼的时候。”他得意地翻译道，“你知道，什么事情我都想搞个明白。摩萨德为什么要向我提供关于马克·多内尔的情报呢？”

“他们找到他了？”

“总之，他们知道他已进入他们的地盘。三天以前。他们本来没在意，是美国人给他们通风报信的，可能是想知道托马苏·马克·多内尔在干什么。由于他们已获知情报，并知道我们对此感兴趣，跟中情局开个小小的玩笑并不碍事……如果托马苏离开他们的国家，他们也会告诉我们。”

“美国人呢？他们在忙些什么？”

“什么也不忙，按兵不动，我们也要守口如瓶。真走运，认识了这位防务专员，他还给我打电话。无论如何，别坏了事，对任何人都要守口如瓶。”

车在警察总局大楼前的停车场上停了下来。

埃米耶转过身，打开车门，问：

“那个考古学家现在什么地方？”

布朗托姆从右边下了车，走到助手身边，看着他的眼睛，说：

“在耶路撒冷。”

20

托马苏走出狮门时，夕阳已消失在屋顶后面。许多汽车走特拉维夫高速公路出城，亮起的车灯在城墙的石壁上投射出各种各样的图案。他跑着穿过马路，走上通向橄榄山的陡坡，路的两旁有房屋，也有荒地。二十分钟后，他到了山顶，沿着一家家酒店往前走；然后从另一头下坡，小路的两边是犹太人的坟墓。

客西马尼花园的铁门尖叫着打开了。托马苏穿过花园，经过小教堂，突然被眼前的景色惊呆了。小石墙后面，整个城市仿佛一下子出现在月光下，清真寺的圆顶在夜色中闪闪发光。城里的灯光已经熄灭了一部分，老城陷入暗黄色的光晕中，屋顶显得更圆，石墙更厚重，只有远处的几辆汽车打破了宁静。托马苏被这景色迷住了，舍不得离开。这座城市有一种在其他任何地方都感受不到的气氛，让他产生了一种落叶归根的感觉，既甜蜜，又让人激动，完全不像是一个长期以来局势紧张、深受暴力蹂躏的地区。

戈维茨的声音突然在他背后响起："看到前面的那扇门了吗？知道门为什么用墙围起来吗？"

托马苏暗笑，心想，这个气喘吁吁的矮胖子走起路来竟然悄无声息。

"知道，为了等待弥赛亚回来。"

戈维茨也笑了："我给克莱尔打了电话。"

托马苏没吭声。

"我只想核实一下你说的话。她很平静，我给她打电话她一点都不吃惊。”

“我可以问您一个问题吗？”托马苏指着右边山坡下的那一大片墓地，问，“犹太墓地上方的那些坟墓为什么都破烂不堪？”

戈维茨脸上的笑容消失了：“因为我们原封不动地保留了它，让人们永远记住1967年之前犹太墓地的样子。”

老教授手扶在低矮的石墙上，望了望下面的城市，然后朝托马苏扭过头来：“你不是大学老师，又不教课，为什么选这种事干？”

托马苏犹豫着，但戈维茨明澈的目光赢得了他的信任，他决定实话实说。

“我曾是某公共部门的研究员，在法国的一家实验室工作，参加过土伦的海底考古发掘。也许我对自己的工作太投入、太专心了，不知道还要提防他人。有些发掘出来的东西失踪了，总之是没有好好清点就被卖掉了，后来被人在古董店里发现。有人说是我干的，虽然拿不出证据，但对我的名声已经造成破坏。我很气愤，辞了职，调查中断了，不过也让那些真正的坏蛋逍遥法外了。”

戈维茨点了点头。托马苏想，他可能不止给克莱尔一个人打过电话。

“这样，”戈维茨突然走到墙边，说，“我们先在这里看一下下山要看的地方。”

托马苏顺着他手指的方向看过去。

“对面是圣殿广场，看见下面的那个黑点了吗？那是为西罗伊水池供水的水渠口，水渠沿大卫宫修建，前不久所说的重大考古发现就是在那里，等会儿我会指给你看。了解详情的人不多，但保尔知道。”

托马苏不解地问：“既然这些事情那么秘密，您为什么要对他说呢？”

戈维茨叹了一口气：“我什么都没有告诉他。”

托马苏吃惊地睁大眼睛。

月光洒在橄榄树上，树叶银光闪闪。

“而是他告诉我，我们会找到什么，会在什么地方找到。走吧！”他没有理会托马苏惊讶的神情。

*

“别站在那儿。”戈维茨轻声说。

托马苏往前走了一步。教授举着手电，在隧道里，托马苏只能分辨出他被手电照亮的粗壮臂膀，其余的一切都陷入黑暗之中。

“关上铁栅。”戈维茨又对他耳语道。

托马苏往前走了几步，然后伸手抓住生锈的铁栅。铁栅“哐当”一声关上了。托马苏从锁上取下钥匙，从里面把门反锁上。

“快，抓紧时间。”戈维茨催促道。

听脚步声，教授正在往前走。

于是他也加快步伐，跟了上去，脚下发出了“哗啦哗啦”的声响，地面上都是积水，水是从石壁上渗出来的。地下室里寒气逼人，越往下走就越冷。渐渐地，路越来越窄，不得不弯下腰，否则会碰到头，还得侧着身子。

“到哪儿了？”托马苏问。

“快到了，不再下坡。”戈维茨说。

果然，开始往上走了。借着手电微弱的亮光，托马苏估计离地面约有四五米。洞里也宽多了，人感到舒服了一些，但比下面闷热。

“就在那儿。”戈维茨用手指着前面。

托马苏听见了他沉重的喘息声。

“这里气温变化大，因为旁边就是以前的蓄水池。纳布肖多诺索的军队围城时切断了供水。”听得出，戈维茨十分激动：“我们现在差不多到圣殿山下面了……继续直行，很快就能到达西罗伊水池，耶稣曾在那里治愈了许多盲人。不过现在，我想给你看的是另一件东西。”

托马苏听见他从口袋里掏钥匙。

“应该是这把。小心，”他对托马苏说，“注意脚下。”

托马苏蹲了下来。一块布满尘土的木牌，隐约可见，斜斜地钉在离地面半米高的板壁下方。

“帮我一下，”戈维茨说，“边上有两个交叉的把手。”

托马苏摸索着，然后抓住把手使劲拽，“咔嚓”一声，木牌拔出来了，露出很粗的铁栅栏。

戈维茨赶紧走到托马苏前面，用钥匙打开锁：“有个台阶，可以下去。”

托马苏抓住铁栅栏，整个身子都钻了进去。

“拿着，”戈维茨摸索着将手电递给他，小声说，“一共有十五个台阶，然后是一条小通道，要走五十来米。”

托马苏数着台阶往下走，听得到身后戈维茨的呼吸声。教授渐渐加快了步伐，甚至碰到了他的胳膊。

“在这儿。把手放在左边的墙上，摸到石缝了吗？这里的墙壁，不再是在巨石中凿的，而是一块块垒起来的。这是大卫古城的通道，通向圣殿。”他的声音颤抖起来：“我们现在位于广场下方，距圆顶只有三十来米，所以要保持安静，不能让声音传到上面去。”

“这地下通道是怎么修成的？简直不可思议！”

“不要问我我也不知道的事。保尔成功地复原了整个建筑的全部设计图纸，还推断出引水系统到达了哪里。就是我们刚才经过的通道，水渠的一条支流。实际上，这条支流比主引水渠所建的年代要早。正因为如此，我们才能继续往下走。这条支流好像与一条挖得更深的水渠相连，不过后来施工时又把它填平了，地道也被堵死了。我们后来悄悄地把这一段重新挖开……”他张开右手，好像在抚摸石头：“就是我们现在所在的地方……”

他举起手电，朝托马苏转过身来。在狭窄的隧道里，托马苏感到戈维茨呼出的气息扑面而来。

“你摸一下！”戈维茨说。

托马苏伸出手，摸到了一个洞，一幅镂空的画。石头的中心刻着什么。

他激动得颤抖起来，戈维茨的手电照了过来。看清楚了：是一个圆，一个横杠，还有一个三角形——坦尼特标志。

戈维茨笑了：“一共有五个相似的标记。我问保尔是怎么知道的。他回答说这符合‘逻辑’，是由我们所处的地方决定的。”

托马苏不解地看着教授。

“他对我说，这是连接圣殿到大卫古城的通道，通往最神圣的地方。”

*

托马苏坐在地下水渠的出处口，用手背掸去裤子上的灰尘。穿堂风又吹到了脸上，他觉得这是世界上最凉爽的风了，走出封闭的地下通道，他的鼻子里和嘴里还有发霉的味道。天上没有没有一丝云，圆月洒下冰冷的月光，照亮了周围的石块和青草。

他扫了一眼脚底下通向蓄水池的黑乎乎的洞口，几分钟前，他们就是从那里爬出来的。戈维茨汗流浃背、气喘吁吁，要求休息一会儿。

托马苏坐在他身旁，看着他疲惫不堪的样子，有些担心。

教授低声说：“当初，发现这地方的时候，我被惊呆了。保尔·加西厄是对的。”

“他是怎么知道？”

“他分析在迦太基找到的那些石碑，把它们与其他文字或实物进行比较。你听说过1900年前后在雅典发现的星盘吗？”

托马苏摇摇头：“我只知道星盘是一种不太完善的六分仪，是古人发明的海上定位工具，1750年前后发明了六分仪以后，星盘便被淘汰了。”

“没错，第一个被发现的星盘可追溯到公元前2世纪，是一个叫希庇亚斯的学者发明的。到了1900年前后，有渔夫在克里特岛附近打捞出一个奇怪的东西，很破，是用交错的轮子做成的。1959年以前，人们一直以为是个星盘。后来，一个叫索拉·普赖斯的英国人对此重新进行了分析，证明其机械结构比普通星盘要复杂得多，更像是一个天文用的钟。前不久，人们还用X光对它进行了新的研究，结果，问题不但没有弄清，反而更神秘了。加西厄一直在密切关注这项研究，还结合在迦太基发现的古文献和长期以来被视为神话的资料，充实了这一研究。大概是在两年前，他跟我谈过此事。他当时很激动，因为他从中发现了一个方程式，能把天文学、天体位置、建筑朝向、建造楼宇及其用途统统结合起来。”

“那些数字……”

“我不清楚，我只听他说，迦太基的某些东西失踪了……最近，可能是在一年前，他又发现了一份资料，那本几百年前的羊皮书具有很重要的意义，但他不想跟我讲得太多，只告诉我，他根据那份古文献的描述，恢复了部分丢失的“内容”，并归纳出在圣殿遗址找到坦尼特标志的一些必要数据。我不相信，好几个星期后才同意他的判断，我怕别人说我轻率冒失。他本来要在几个月后到这里来，还有一些关于沉船的东西……”

托马苏惊叫起来：“沉船？失踪的东西？”

“是的，也许仅仅是一块石碑，就像人们在英国曼彻斯特或在莱特见到的那种石碑，也许是别的东西。我不清楚。他说，如果能找到的话，就能弄清这些建筑的全部原理，从而‘掌握’它，否则，他就像是‘一个仅知道词汇却不懂语法的人’，他想首先找到那艘沉船。我在研究之余，也帮他做些事。不仅在迦太基，还在伦敦、在国家档案局。应该说，”戈维茨撇撇嘴，“我比他更了解海洋，因为那不是他研究的领域，他一直担心出错，怕在距离、地点和测量单位等方面作出误判。”说着，教授指了指肩上的挎包：“看，全都在这，在他给我的记录本中。我带来了一些复制件，还有我在迦太基和其他地方为他找到的资料……”

突然，好像有石头在脚下滚动的声音，他们都愣住了。

“听到什么了吗？”戈维茨轻声问。

托马苏直起身子，环视周围，没有回答。

“小心！”教授突然大喊。

托马苏的身后，出现了一个黑乎乎的影子，把整个月亮都挡住了。他本能地一转身，避开了对方的攻击。来人见未能将托马苏撞倒在地，再次冲撞过来。戈维茨吓瘫了，呆立在原地一动不动；托马苏则机灵地左躲右闪，但最终被对方抓住。就在这时，进攻者脚下滑了一下，失去了平衡，两人几乎同时大叫一声，摔到十米下的水池边。

一落地，托马苏就忍着疼痛，想抓住对方，对方掏出枪，击中了他的肩膀，并一脚踹在他的额头上。托马苏顿觉头昏眼花，只听见一阵急促的脚步声，之后便什么声音都没有了。

托马苏没有马上站起来，过了一会儿，才挣扎着爬上来，看到两个人躺在地上，一个是戈维茨，圆睁双眼，枕着一大摊鲜血，显然已经死亡。托马苏弯下腰，帮他合上双眼，并从他身上取下那个没被抢走的背包。

袭击他的人也死了，托马苏把他翻过来，发现他腰里别着一把装有皮套的手枪。托马苏取下他的小包，把包里的东西抖落在地。里面有些钱、一部手机，还有一份电话号码单。托马苏晃了晃小包，一张过塑的胸卡掉了出来，照片下方印着一只鹰。托马苏惊呆了，从牙缝里挤出上面写着的三个字母：CIA（美国中央情报局）。

21

机场广播在找人：来自开普敦、前往蒙特利尔的旅客凯恩、托里斯和索恩……在戴高乐机场二号候机大厅里，可听到各种语言。托马苏透过有机玻璃板，看到人们在行李传动带周围跑来跑去找自己的行李。他走向入境大厅，并下意识地朝台阶下方扫了一眼，其实他很清楚从这里根本看不见接机者。

“但愿伊莎贝尔能来……”他回想起在耶路撒冷跟她通话时的情景，他发觉她在担心什么，这都是因为收到了那个告诉她秘密约会的时间和地点的短信。她可能也从他说话的声音里察觉到了什么……总之，她对他太了解了。不过她没有多说什么，只跟他提了一下马蒂尔德的情况。他没有多问，怕占用太多的时间。

“别的就没有什么了，”她说，“只有一封给你的信。牛皮纸信封上没有寄信人的地址……不对，等等，信封背面有手写的字：‘转交保尔·加西厄’……”

他差点要跳起来，他让伊莎贝尔去机场接他以便把信直接交给他。他用只有他们才明白的暗语约好了时间。多加小心没错，“我需要你帮忙，很抱歉……”

伊莎贝尔打断了他：“别说了。”他觉得她的声音并不那么冷酷。

他又给克莱尔打了电话。她在巴黎，好像受到了警方的监视。她在父亲的资料中没有发现新东西。托马苏犹豫了一下，最后还是没有在电话里提及信的事。

检查护照的两名警察当中，一个很年轻，光头，很认真，盯着从他前面经过的乘客；另一个则马马虎虎，懒得看人一眼。托马苏选择了第二个警察。

前面一个美国人因手提行李太多，自作聪明地用绳子把行李挂在胸前，结果左摇右晃。警察等他收好护照，离开工作台后，才让站在白线后面等待的托马苏过去。警察在他护照的照片上看了两三遍，吓得他的心“怦怦”直跳，好在最后并没有什么麻烦。

托马苏松了一口气，上了自动扶梯，然后穿过行李大厅，朝出口走去。透过玻璃墙，可以看见接机的人拥挤着，举着写着旅客名字的牌子，还有几个人正在向他身边的旅客使劲招手。

突然，他看到了伊莎贝尔。她双手扶住栏杆，面色苍白，神情好像有些紧张。当他们四目对视时，他露出了笑容，她却面无表情。在两个海关关员阴沉的目光注视下，他匆匆经过岗台，走向出口。伊莎贝尔已不在原地，他停下脚步，在接机的人群中寻找她。突然，有人喊了一声：“托马苏!”

他听出是伊莎贝尔的声音，转过身，却看见她扑向在他前面出关的一个旅客，搂住对方的脖子。托马苏惊呆了，没有马上反应过来。这时，他听到了有人低沉地喝道：“别动！警察!”

四个男人扑向伊莎贝尔和被她搂住的那个旅客，把他们团团围住。

托马苏赶紧低头走开。伊莎贝尔被一个穿夹克的男人紧紧抓着胳膊从他面前经过，她没作任何反抗。倒是那个男人一边挣扎一边抗议，三个警察毫不客气地把他拖进海关。托马苏加快步伐，头也不回地走出了机场大门。

22

托马苏揉揉眼睛，伸手转过放在床头柜上的旧式钟控收音机，液晶指针指着一点三十七分。他头发蓬乱地从床上坐起来，拿起放在地上的记事本，然后又和衣躺在床罩上。客房的床上和地板上铺满了资料，墙上也用图钉钉着图纸。

酒吧的霓虹灯光从窗外透进来，在墙上闪烁。托马苏站起身，关节僵硬的右脚踩到地上时差点儿摔倒，他连忙扶住床头柜，床头柜也险些被他拉倒。他来到浴室，不知道该不该用似乎不太干净的漱口杯喝水，后来觉得还是用手捧着喝更好。之后，他还捧起水洗了洗脸，回房间时经过窗前，他扫了一眼街对面乱七八糟的房子，有两座空弃的屋子甚至用石头堵住了窗户，怕成为流浪汉的天下。

他叹了口气。白天，他匆匆离开机场进入巴黎城，在火车东站附近流动人口比较多的街区找了一家小旅店——应该不会被人发现，至少在几个小时之内。

伊莎贝尔被警察带走的情景历历在目。想到她奋不顾身地转移警察的视线，为他提供逃跑机会，他很感动。他在想，她现在会在什么地方呢？这场闹剧究竟是怎么回事？她是怎么发现警察要抓他并决定误导他们的呢？警察为什么会来，难道他还不够谨慎吗？有人给他们通风报信？又会是谁呢？

他走到靠墙的小木桌旁，拿起在北站行李寄存处取出来的牛皮纸信封。伊莎贝尔在事发半小时前，在他手机上留了言，告诉他信寄存在哪里。

托马苏痛苦地听着她的留言，然后扔掉了手机，并希望她也扔掉了手机。

信封里只有一张纸，上面写着："假如你们在寻找加西厄之死的真相，就打电话给我。"

楼梯上响起了脚步声。有人下楼。十秒钟后，一对男女出了大门。托马苏看到男的匆匆远去，女的则停下来点着了一支香烟。想起前台服务员看见他只身一人，提着一件小行李进来时的那副不信任的样子，他不禁笑了……

他急于弄清是谁写的这封匿名信，但现在还不能打电话。还是先好好研究手头所掌握的资料吧！

他的目光又落在了记事本上。他把它从地上捡起来，躺在床上翻来覆去。他又想起了戈维茨的话："只有词汇，没有语法。"

记事本的第一页，写着这么一些问题：

船的方位？

坦尼特标记？

船上装的货物？

杀害加西厄的凶手？

美国中情局？

建筑物之间的联系？

恐怖袭击事件之间的联系？

*

托马苏想，他今晚至少能弄清第一个问题……

戈维茨提供的资料，加上在奥弗涅找到的资料，给他详细分析提供了基础。这么多信息综合在一起，行家可在几个小时内准确估算出从迦太基往卢浮宫运送物品的三桅船沉没的地点……

托马苏好像觉得时间在倒流，他正在跟约翰·洛厄尔接着谈话。"洛厄尔、戈维茨和加西厄这三个死者正联手帮助我发掘这艘沉船。"他轻声地自言自语道。不知道要在遇难的残船里寻找什么，不知道此事与最近发生的各种恐怖事件有什么关系，也不知道谁为了获得什么而正大开杀戒……就像潜水不带氧气瓶，双眼被蒙住一样……

挂在墙上的圣皮埃尔大教堂的图纸，被外面照进来的彩色招牌的灯光弄得绿乎乎的。

沉船方位只是其中的一个问题，关于其他秘密，他仍然是一头雾水……托马苏想，自己的头脑还没有发热到在不知从何处着手之前便贸然行动。为慷慨的资助者去盲目发掘则是另一回事……

他思考着，从记事本上撕下一页，走到墙边，贴在另一张图纸上方，就像在奥弗涅为了向克莱尔解释几何符号时那样。

戈维茨……大卫城的墙基。他脑海里闪过一个念头："是加西厄告诉他的……"他转身摊开一张发掘图，戈维茨在上面画了几个圆圈和几个图案。托马苏想，这是在加西厄口述下画的。他顺着两条线往前找，那是地下通道的路线，他们曾从那里进去，到达了蓄水池，并进入广场底下的基座。在他见到的坦尼特标志的地方有个圆圈，他拿起笔，用线条把它与图上其他相同的圆圈连接起来。他接着开始研究在奥弗涅找到的图纸，发现一根线条沿着河岸延伸到一座用粗线表示的建筑前。他后退几步，好像在欣赏油画。

"伦敦也同样。"他不禁大叫了一声。

23

1666年，伦敦

克里斯托夫·雷恩使劲用湿布捂住嘴，以抵御呛人的热浪和烟雾。厚重乌黑的烟雾翻滚着，遮天蔽日，刺得他双眼发痛，且喘不过气来。木头烧焦的味道令人窒息，尸体烧焦的味道更让人呕吐。被改成仓库的工作间里堆满了从商船里搬上来的杂物，门窗挡不住这些气味向外扩散，周围的一切都乌烟瘴气。

他坐下来，想喘口气。因空气稀薄，他感到头晕目眩，房间似乎在旋转，他深深地吸了一口气。

过了一会儿，他站起来察看一下眼前的情景：从泰晤士河西岸到伦敦塔，全城变成了一个巨大的火海。

三天来，火势在蔓延，吞噬着古城的一个又一个街区。市民和调来的军人试图控制火势，但杯水车薪。火借风势，吹过由精疲力竭的自愿者匆匆挖成的防火沟，几十个人瞬间陷入火海，他们没想到火会从后面扑来。

大火现在似乎成了一场暴雨，遮天蔽日，把每个人的脸都映得红红的。

火舌携着炭灰，在这位建筑师面前狂舞。他扭过头、蹲下身，试图保护双眼，灰色的披风飘了起来，露出深红色的衬里和绣有薄金镶边的黑色紧身衣。

“克里斯托夫……”

尽管这声音很轻，建筑师还是被吓了一跳，他转过身，是伊尼戈·琼斯。琼斯一身黑衣，头戴宽檐帽，薄薄的嘴唇里奇特地露出一丝微笑，他往前走了一步，差点儿撞倒雷恩。雷恩使劲站稳脚跟，才没有摔倒。琼斯装作没有看见雷恩惊恐的目光；而面对来人的傲慢，雷恩也不想失态。他低下头，一手捂着脸：“烟雾。烟雾和光亮弄得我双眼难受，泪流不止。”

对方按住他的肩膀，按得很紧，似乎很友好：“这种情况还会持续几天，好好休息，恢复体力，以后得不停地工作，全力以赴，重建城市。我会马上跟我们在市政委员会的朋友联系，作好准备。”

雷恩点点头，想笑一笑，却无法掩饰内心的忧虑。

伊尼戈·琼斯说：“一切都会好的，别怕。我知道我作出了什么决定，知道自己将干什么。”

克里斯托夫·雷恩才出道一年，他曾在巴黎替一个名叫弗朗索瓦·德奥尔贝的建筑师当助手。一年前，他遇到了伊尼戈·琼斯，这是个神秘的人物，既做贸易，又搞外交，法国宫廷里的人都认识他。雷恩佩服他的文化修养，但使他们走到了一起的却是对美食和神秘学的共同爱好。琼斯鼓励他当建筑师，培养他的直觉，让他通过以前所研究的数学来观察这一学科，还把他引荐给大权在握、负责法老建筑规划的德奥尔贝。德奥尔贝对他很信任，向他讲述了自己如何默默无闻地苦干十年：在建筑师路易斯·勒沃的耀眼的光晕下，暗暗地为众多建筑设计，如财政大臣富凯的子爵宫、卢浮宫、凡尔赛宫……历经磨炼的他发现这些建筑都有不足之处，除了镜廊——啊，这才是完美的设计！他把全部的希望都寄托在这一建筑上。可由于跟国王的宠臣不和，他受到诬陷，他知道没有机会再检验自己的理论了，但已经完成的那些建筑将发挥作用。国王放弃卢浮宫作为主宫对德奥尔贝来说是一个巨大的胜利，他明白，自己没有足够的能力来改善那些建筑使之完美，但在凡尔赛宫对国王办公室所进行的初步改建是个重大进步。从某种意义上来说，他对国王的统治和对法兰西的影响，已经比最有权势的大臣都大了。雷恩曾多次跟伊尼戈·琼斯回忆起那场交谈，琼斯在这一年里始终指导他：德奥尔贝未能完成的梦想也许可以在其他地方实现，通过雷恩……

“那些人……你派来的那些人……”他问伊尼戈，“他们……”

他犹豫着，不知道该不该说。

“……放了火。”

伊尼戈·琼斯抓住雷恩的胳膊：

“别担心，该发生的事已经发生了，结果超出我们的预料之外。该付出的代价要付出，重担并没有压在你肩上。专心研究，不要分心。”

说着，他朝后面扫了一眼，大工作间里，船形拱顶的最高处，一块巨大的黑布用杆子撑起，好像一个帐篷。“那就是模型？”他问。

雷恩吞吞吐吐地说：“是的，不过……还只是草图，计算很粗略，我不肯定……”

他转身看着这座城市。远处隐隐传来沉闷的爆炸声，一道火光划破长空。他想，这座世界上最大的城市，竟在自己眼皮底下像一头受伤的巨兽轰然倒下，在混乱中渐渐消失，连泰晤士河也似乎要喷出火焰，吞噬首都。

“是兵营里的武器库爆炸了，”琼斯解释说，“要往前看，把精力放在未来。不要把它看做是一种破坏，克里斯托夫，这是一张白纸，我们将在上面为这个民族、为这个国家书写出不同的未来。”

他走近年轻的建筑师，嘴几乎触到了对方的耳朵：“过去从来没有人有过这种机会。我们将书写我们的未来。克里斯托夫，你就是这一未来的建筑师。”

24

收音机上的闹钟指着四点三十七分。托马苏看着放在床罩上的资料，他既疲惫又兴奋，好像觉得自己浮出了海面。

外面，翻斗垃圾车的“隆隆”声与垃圾袋被卷进碾压机中轧碎的声音混杂在一起，打破了静寂，然后，四周又宁静下来。

戈维茨也注意到了耶路撒冷圣殿，但他关注的重点是这个城市，没有寻找它与迦太基的关系，也没有在意加西厄所收集的关于其他城市和建筑的资料，因为它们之间的关系不明显。

不要继续推理了，首先要去核实。如果看准了，就不会花太长的时间。他可以去布鲁塞尔，但还得有人到更远的地方去证实。长途旅行对他来说太危险了。

他感到一阵头晕，不知道是过于疲劳还是因为他刚刚弄清楚了什么。克莱尔将给他带来的资料能验证他的想法吗?

他看了一下表，希望她能快点儿到，并且像电话中允诺的那样，千万要小心。那次通话，她显得非常平静，语言简练，没有半句废话。

他拿起记事本，再次翻到后面罗列问题的地方。托马苏不知道加西厄找到的那个羊皮本里写着什么，谁在操纵他的研究，要他到海底寻找什么……

“可我知道这些建筑物之间有什么关系，又是什么把坦尼特标记和那些恐怖袭击联系了起来。”他自言自语地说。

他看了看窗外，黎明的第一道曙光已隐约照到屋顶，天空慢慢地明亮起来。

他回到床边，再过四个小时，克莱尔就会来这里。他们已经约好，她会给他带来从奥弗涅找到的那些文件。有了那些资料，他便可以补充并核实他在夜里所做的工作，起码能更好地指导他要安托万所进行的验证。在克莱尔到来之前，他什么也干不了，于是决定睡它三个小时。“这才是明智的做法。”他笑了笑，“而且，也要替安托万想想，让他再睡一会儿……”

*

闹钟突然刺耳地响了，托马苏惊跳起来。他翻身下床，随手按停闹铃。他好像觉得才睡了几秒钟。他用水抹了一把脸，犹豫着是否要下楼去喝杯咖啡，最后还是决定哪儿也不去。他拿起从车站取回来的牛皮纸信封，从里面取出那张纸，然后打开装了新卡的手机，紧张地拨通了纸上的一个陌生号码。电话响过两声后，有人拿起话筒：“喂？”

托马苏听出是个男人，声音很清脆，带英语口音，以前好像没有听到过这个人的声音。

“你是托马苏·马克·多内尔？”

“是我。你是谁？”

“不要多问，我们的时间不多。信封上写着的那个人名，你有相关资料，对吗？”

托马苏没有回答，对方马上又说：“你看了吗？”

“看了。”

“怎么样？”

托马苏停了片刻，问：“你到底在找什么？”

对方的声音似乎缓和下来：“你天真得让我感到好可爱。你我之间没问题，要是换了别人，那就危险了。不过，你运气好。我和你一样，也是事件中受害的一方，也想弄清事件的真相；而且，我也和你一样，认为那艘船上有……”

托马苏有些着急：“加西厄找到的那份手稿还有别的什么意

思？那艘船上真有那么贵重的东西吗？为什么会发生这些爆炸事件和谋杀……”

对方没有回答。托马苏竭力控制自己说话的声音：“为什么要跟我联系，把我牵扯其中？你自己不就可以……”

“首先，因为你有一部分我们所没有的确切资料，尤其是关于沉船地点的确切数据，为了高质量地进行发掘，必须有一份完整的资料；其次，我相信你在这一事件当中是无辜的，我观察你一段时间了，刚才的谈话更加证明了这一点，这就让你成了一个例外；最后是因为你在海底考古研究方面有经验。”

“你想得到什么？”

“分享你的研究成果。”

“谁告诉你我有这些信息，你又怎么知道我会与你分享呢？”

托马苏感觉到对方在笑，接着又竭力掩饰嘲讽的意味。

“因为我将为你的研究提供经费。你想保证考古发掘的顺利进行，我给你提供这个可能。无限的可能。”

托马苏很警觉：“我得考虑考虑。”

对方的声音渐渐阴森起来：“抓紧时间。我给你七十二小时，拨打同一个电话号码。”

“等等！”

对方第一次显得有些惊讶：“怎么？”

“我想知道你们手头的那部分资料是从什么地方搞到的？”托马苏追问道，“换句话说，加西厄的背包是怎么到了你们手里的？”

对方好像非常镇静：“说来话长……”

托马苏嘴角一阵痉挛：“我不想听到这样的回答，我讨厌被人当枪使，我已介入此事，所以，你要么告诉我你是个杀人犯，要么……”

对方打断托马苏的话：“没时间谈那么多了。再说，你也根本想象不出事情的真相：你既不知道你的对手是谁，也不清楚谁是你的朋友。多内尔先生，恕我直言，你一无所知。你诚实而有才能，只想从这件事当中摆脱出来。好了，如果你需要钱或者需要帮助，就给我打电话。我们提供一切资助。给你七十二个小时，其余的事情你就不必操心了。”

“你忘了我拥有……”话没说完，托马苏就发现对方已挂断了电话。

他放下手机，在房间里踱起步来，然后收起床上的资料，但又气呼呼地把它们全扔到地上。

那家伙显得很自信。不行，要掌握主动。于是，他又拿起手机，拨通了安托万的号码……

*

刚挂上电话，就听到有人敲门，他吓了一跳，小心翼翼地拉开插销，把门开了条缝，看见了克莱尔清秀的脸。克莱尔穿着一件蓝色的短外套，挎着一个塞得满满的大包，栗色的头发乱蓬蓬的。

她笑着冲他点点头：“不错啊，你的度假胜地……”

托马苏关上门。克莱尔往前欠了欠身，吻了一下他的脸。

托马苏说话的声音有些粗鲁，甚至有点咄咄逼人：

“资料带来了？”

她退后一步，拍了拍斜挂在肩上的包。

“全在这儿。”说着，他打开挎包，取出了一个塑料袋递给他。

她发现托马苏接过资料时，目光中流露出焦急的神情。

“我在戴高乐机场险些被抓。”托马苏说，想为自己刚才粗暴的举止和僵硬的态度找台阶下。

她没说什么，走到床边坐下。

“没人跟踪你吧？”托马苏问。

她摇摇头：“应该没有。我把车停在离这里两站远的地方，然后又朝相反的方向坐了两次地铁，以弄乱行踪。警方好像有些心不在焉，他们只给我打过一次电话，别的就没有了，而且也没说什么要紧的事情。”

她扫了一眼钉在墙上的东西和散落在地上纸张，问道：“你呢，发现什么了？”

“戈维茨告诉了我一些事情，还给我看了些东西。总之，我更明确了你父亲所要寻找的东西的范围，但还不知道究竟是什么。显然，他正是因此才被人杀害的，现在凶手又盯上了我们。问题是戈维茨也死了，我在那里也被人跟踪了。”

克莱尔惊跳起来：“死了？”

“是的，还有一个家伙也死了，是个美国人，有中情局的证件。”

克莱尔的目光冷酷起来。

托马苏向她详细描述了自己跟戈维茨的谈话及他们夜间的参观，说这些事件肯定跟两人的死有关。接着，他停了下来，似乎在犹豫是否要接着往下说。

克莱尔不解地望着他。

“以后再跟你说吧！时间紧迫，我必须离开这个国家，把伊莎贝尔和马蒂尔德送到安全的地方。”

克莱尔看着他：“你还去西班牙吗？我跟你一起去。”

“去布鲁塞尔，而且……”

他想继续往下说，但克莱尔伸手止住了他：“别说了。这一次，没什么好商量的，我跟你一起去，我可以帮你识别资料或是我父亲的笔迹。”

托马苏看着她带来的那些资料，说道：“好吧，但我得先把这些东西看一遍，你帮我研究研究从戈维茨那里获得的信息，然后在这里等我一会儿，最后，”他终于露出了微笑，“你空手离开，不带行李……”

*

托马苏从普莱桑斯地铁站出来，取道武耶街。穿过布朗雄路后，沿着乔治·布拉桑公园的铁栅栏一直走到雅克·马雷特广场的出口。他看了一下表：提早了五分钟。伊莎贝尔还没有来，他决定在外面等。

他没怎么犹豫就来赴约了。是的，他在冒险，而且也在让她再次冒险，但机不可失。一想到她本来可以不来，想到她可能又会被警察拦住、关起来，他就心如刀绞。机场一别，他不知道她后来如何，没有她的任何消息，这让他无法忍受。这个见面地点是事先约好的，如果他想在离开巴黎之前再见她一面，这是唯一的联系方式。

托马苏想起来，离开瓦朗斯前往耶路撒冷之前，在确定“紧急见面”的时间和地点时，看着信上的暗语，他不禁哑然失笑。时间固定，但每天的地方都不同，前后误差十五分钟……

让业余侦探的这些防范措施成为现实，一个星期应该够了。托马苏双手插进裤兜里，闭了一会儿眼睛，像是在默默祈祷。只有确认家人安全之后，他才能走下一步。

他打了个寒战，他想，应该是疲乏而不是凉风的缘故。他一上午都在和克莱尔确定沉船的方位。商店一开门，她就去买地图，把标记都誊到上面，中途只休息了十来分钟，吃了个三明治。

广场上，一个小男孩正在滑梯间玩皮球；一个老人坐在长凳上，捻着面包，动作迟缓地喂鸽子。风掀起他的衣领，扬起地上的沙尘。

约好的时间已经过了五分钟，他不禁担心起来。

他痛苦地回想起一路上倒下的那些人：谁杀了加西厄，又是谁试图在加西厄的寓所杀害他和克莱尔？他对此一无所知。美国情报部门的出现——除非那个人的工作证是伪造的，法国警察认为他可疑，这些都使事情变得更加复杂。

过了十分钟……

突然，他惊跳起来。广场对面，一个熟悉的身影刚刚走进公园绿色的大门。他也跟了进去，但没有跟得太紧。伊莎贝尔在公园角落的一张长凳上坐下来，他也过去挨着她坐下。伊莎贝尔打开一张报纸，他也从上衣口袋里掏出《队报》，架着腿，开始阅读最后一页。

他很想拥抱她，但克制住了，他想从她侧过去的脸上看看有什么暗示。

“你现在也开始对汽车感兴趣了？”她小声地问。

他叹了口气：“你真的想不到这段时间我对什么东西感兴趣……你怎么样？”

她不想多说："还好，他们扣留我的时间比我预想的要短。"

"马蒂尔德好吗？"

"很好，她非常想你。"

沉默了一会儿，托马苏翻了一页报纸，然后又低声说：

"谢谢。很抱歉把你也牵扯了进来。"

她撇了一下嘴，没有回答。

托马苏接着说："幸亏我用的是安托万的护照。你扑向了那个可怜的家伙……"

"还好我认出了那个戴眼镜的警察。他从里面出来，对海关人员说了些什么，随后混入人群。"

"你发现他在跟踪你？"

她摇了摇头："没有，我不这么认为，他们一定是得到了情报。我一看见他，就明白他们知道你来了。必须转移他们的注意力，最好的办法就是把他们引入歧途。他也看见了我，尽管他马上就转过身去，装作没看到。他以为我没有认出他，并因自己的情报得到证实而扬扬得意，甚至都懒得事先辨认辨认你，那就让我给他提供了一个最简单的辨认办法吧！"她说着笑了，一脸嘲讽的意味，托马苏很久没有见到她这样了。

"我早就说过男人就是懒……"

尽管她表面逞能，但看得出来，她的精神很紧张。

托马苏再次克制住想把她搂到怀里的欲望，他又警觉地扫视了一下周围。喂鸽子的老人正站起身，撒掉手中剩下的最后一点面包屑。

"很高兴你能来。我怕你离开了，我真的很为你们、为你担心，因为我不知道你们在哪儿……"

她目不转睛地看着面前的草坪，喃喃地说："很长时间了。"

他愣住了，不解地望着她："什么很长时间？"

"你很长时间没有为我们担心过了。"

他觉得嗓子一阵发紧。

"可我为你担心。"她很快又补充了一句。

"他们没有太过分吧？"托马苏沉默了一会儿，问道。

“怎么没有？可他们又能怎么样？看得出来，他们犹豫不决，不知道是否该扣留我更长时间。他们最后还是很快就把我放了，甚至没有在我身上试试警察所使用的或温柔或残忍的手段，只是态度恶狠狠的，让人讨厌。我想他们什么都没弄明白，甚至没有在乘客名单上把你与安托万比对一下。”

“还是得小心，不会总那么走运。假如他们把那些照片与我们换上的照片比较一下……”

“他们不明白的是，我为什么要扑向那个根本不认识的人……”

“他们没有发现你的手机吗？”

她看着他，像是受到伤害。

“你以为我傻？给你发完短信我就把手机扔了……”

“……太聪明了。身处险境，但机智灵活……”

她搓着双手：“现在怎么办？我是说，除了相互吹捧之外，你还需要别的什么？”

他默默地看了她一会，强忍着不去抚摸她那颧骨微微突起的脸颊。

“说正经的，伊莎贝尔，我希望你和马蒂尔德离开这里。最好去西班牙、瓦朗斯，回到船上。”

“那……”

他温和地打断了她。

“我不是说明天。安托万两天后就能回到那里，最多三天。我也会同时到达。”

他递给她一个新手机：“我会跟你联系，保持开机状态。”

然后，他深情地望着伊莎贝尔：

“这可不是开玩笑。我不知道此事的幕后策划究竟是谁，可我领教了他们的能量。”

她没有回答，托马苏又说：“我在以色列遇到了一个人，他告诉了我一些事情，让我明白了其中的关联：我需要完成的使命、那艘沉船和加西厄的研究之间的关联，甚至包括那些爆炸和谋杀事件。可我始终不知道是谁杀了加西厄，又是谁从那天起便开始跟踪我，反正这一切都与沉船和迦太基有关。”

他停了一下，接着说："你收到的信也是关于这件事的，现在还有人想让我为他们进行考古发掘。"

他露出一丝强笑："太疯狂了……"

伊莎贝尔正想把手放在他手上，突然停住了。有两个行人在离他们不远的地方经过，他们不再说话，直到那两个人走远。

"沉船里有重要的东西，"托马苏继续说，"可我还不知道是什么，不过现在我知道了沉船的位置。我想我已经明白了船上那些神秘物品的用处。现在，我要去证实的就是这一点。在我潜入海底之前，我想确认我的猜测是对的。总之，海底搜寻，需要时间准备。"

"安托万参加吗？"

"当然，不过，我现在派他去做一件更紧急的事情。"

他在口袋里翻了翻，然后递给她一个写有加西厄名字的信封。

"你收好这个电话号码，万一发生什么事情、碰到麻烦或者无法找到我……"

伊莎贝尔的眼中闪过一丝阴影。她拿起信封，手指微微颤抖。

"这个号码是跟那些人联系的唯一方式。他们知道得很清楚，我在其中起什么作用。"

她把信封塞进短大衣里。

"那个以色列人，他是……"

托马苏打断她："他死了。两个家伙袭击了我们。我不信他们真想杀死我们，可他掉了下去，其中一个袭击者也掉了下去，死了。"

伊莎贝尔恐怖地扫了他一眼：

"托马苏，我怕。"

他笑了："要是我告诉你，那个死了的家伙是中情局的特工，你是不是就不会那么害怕了？"

25

“大力士”高速列车在比卡迪平原上奔驰。托马苏看了看表，一口喝完咖啡，把纸杯扔到桌下的垃圾筒里。突然，车厢里同时响起两声刺耳的电话声。电话的主人都是商人，穿着几乎相同的白衬衣和深色西装，两人同时向车厢门口走去，险些相撞。托马苏转身看了看坐在身旁的克莱尔，再过半小时，他们就要到布鲁塞尔了。

“我得跟你说件事。”

正在看报的克莱尔抬起头，顺手拿起桌上的吉祥物。

托马苏说：“三天前，有个家伙在伊莎贝尔的信箱里放了一个写着我的名字的信封，里面只有一张纸，上面写着一个电话号码。我给他打了电话……”

克莱尔不解地看着他。托马苏嗫嗫道：

“……应该打个电话试试，我想，你父亲死的时候留在包里的资料在他们手里。”

克莱尔的脸色变得刷白：“他们是……”

“杀他的凶手，是的，可能性极大。他们只有一部分研究资料，而且不知道如何解读。可我们却拥有最重要的东西：沉船的位置。”

他觉得她的心在颤抖，她好像要哭出来了。到达奥弗涅的那天，她睡觉时就这样长时间地急促呼吸。他抓住她的手上，她没有把手缩回去。

“你打算怎么办？”克莱尔盯着他的眼睛。

托马苏说："弄清事情的真相。"

她追问道："然后呢？"

他犹豫了，重新拿起杯子，在手中转动着。

"老实说，我也不知道，这要看我们能找到什么。"

她的声音冷酷起来："你是说东西的价值？"

"不完全是，克莱尔，此事非同小可。已经死了太多的人，你父亲、戈维茨……"

她盯着他。他记得这种目光，那天，当她在房间里用枪瞄准他时，他看到的正是这种目光。

"可你会对我说……"

他发现，她的目光中也有一丝不安，带有攻击性的不安。

"当然会告诉你，我向你发誓。而且，我还指望你帮我研究这些资料呢！"

"安托万呢？他会做发掘的准备工作？"

"我打电话给他了，让他去作一次小小的旅行，之后，他会回来作准备。"

"他去哪儿？"

"莫斯科和纽约。"

她看着托马苏，好像有些不信。

"如果你愿意，我也可以去。"她建议道。

他点了点头："也许。总之，不像我自己去那么危险……再说吧！我和那几个家伙的谈话，之前没有告诉你，是因为……"

她的声音温柔了一些："……想保护我？"

他低下了头，等他再抬起头来时，克莱尔的目光已发生变化。

"……不想让你听到他们说的话，不想让你知道我向他们提的问题。"

两个检票员出现在车厢门口。克莱尔先在口袋里找了找，然后站起来，从挂在头顶上的大衣里拿出车票。检票员连看都没看就在票上打了孔，然后继续往前走。克莱尔重新坐下来。托马苏发现她的神情有些紧张，说话的声音更轻了。

"托马苏，你能百分之百地肯定那几个家伙就是杀害我父亲的凶手吗?”她盯着他的眼睛，问道。

“我不知道。”托马苏的声音里没有任何感情色彩。

克莱尔低下了头：“我知道你问过他们这个问题，他们没有回答，但我想知道的是你自己的感觉。”

“我没有什么感觉。我想，如果不能让他们暴露真实面貌，我们就无法知道他们究竟是什么人。”

豆大的雨点敲打着车窗，刚才出现在远处的暴风雨赶上来了，模糊了他们的视线，乡村不见了，车厢里暗了下来。

“还得弄清楚，这些人为什么先是要杀我们，现在又突然想跟我们合作。这一点，说实话，我也不太明白。”

“除非杀害我父亲的凶手和袭击我们的人不是一伙的。”

托马苏咧咧嘴：“没错，但事情好像没那么简单……”

26

托马苏拿起服务员刚放在他面前的冰啤酒。他和克莱尔坐在酒吧里，一边漫不经心地看着从玻璃窗前经过的行人，一边品尝着琥珀色啤酒淡淡的苦味。酒吧位于布鲁塞尔市政厅后纵横交错的小街上，克莱尔坐在托马苏对面，大衣随手扔在旁边的椅子上。她小口地抿了一下茶，马上就放下杯子。

“太烫了！”她边吹边做怪相。

*

到了布鲁塞尔南站后，他们迅速穿过为迎接“大力士”而新建的未来派大厅，走向广场，拦了一辆出租车。车子经过正在施工的街区，那里满是起重机和围栏。托马苏觉得，二十年来这座城市一直在施工，欧洲的这个“首都”似乎在发展中正大量消耗自身的活力，在越来越复杂的治理和改造中破坏自己勉强建成的大楼。来到比利时首都的老城中心，消失在大广场周围的人流中，托马苏才觉得不那么头晕了。广场里有游客，也有当地居民，托马苏从他们的脚步声就能分辨出来：漫不经心的是游客，匆匆而过的是布鲁塞尔人。

这个季节里不多见的湿热空气笼罩着整座城市，暴风雨好像即将来临，大块大块的乌云越过天空，把所有的屋顶都染成了铅灰色。

*

手机突然响起，托马苏脸上的笑容消失了，他赶忙接听。

“安托万？”

他压低声音，免得引起几米外坐在吧台前的顾客的注意，他们正大呼小叫地评论即将到来的市政厅换届选举。

托马苏接手机时发现克莱尔的情绪有点低落。可能是因为她听不全他们谈话的缘故吧！

“猜猜我在哪儿？”不等他回答，安托万又说，“我在四十号大街与第一大道的交叉处。”

托马苏的心跳加快了：那个路口通向联合国总部……

安托万的声音里带有托马苏非常熟悉的勃艮第口音。

“你竟这般折磨我，让我进行这种疯狂旅行！你想过没有，兄弟，我很可能被美国佬关在监狱里受折磨。一个法国人，从西班牙匆匆而来，在莫斯科待了十二个小时，又飞往纽约，没有行李，只有一张次日出发的机票。他们可不怎么喜欢这样！”

托马苏心想：“法国人总喜欢发牢骚……”

安托万继续低声埋怨。

“我在美国移民局待了六个小时，你却……好了，不说了，总之，我完全照你说的做了。买了票去参观联合国总部，花了半天时间让他们在楼下的小房间里搜身，然后和游客一同进去参观，忍受赞扬该机构的冗长套话。我参观了联合国大会、秘书长办公的楼层、安理会大厅，然后躲进卫生间，像蜘蛛人那样贴在天花板上。好在他们什么都查，就是不清点游客的人数……”

托马苏的声音里已经没有嘲讽的意味。

“后来呢？”

“你是对的。我怕被抓住，花了一刻钟才爬到讲台前，寻找钉在墙上的标志。我趴在地上，有一刻，我被吓死了，一个监控摄像头对准了我……”

托马苏很想大喊“别说废话”，但最后还是忍住了。安托万接着讲述自己的故事："托马苏，我不清楚你是怎么知道的，但你是对的！"

托马苏激动地把手机贴到耳边："有吗？一样的标记？"

"完全一样，一模一样。"

托马苏的心在剧烈地跳动，他咬紧双唇，对面的克莱尔不解地看着他。

"我不会搞错，"安托万说，"因为一天前，我曾在红场的列宁墓见到过完全一样的标记。"

托马苏压低声音："再说一遍。"

"不是已经告诉你了吗？潜入列宁墓要容易一些，但我在那里差点儿被热死。最难办的是如何出去。下午一点关门，直到第二天上午十点才开门。不过，我十分钟就找到了，在大门对面的墙上，朝着克里姆林宫，在纪念俄罗斯劳动者的一块石碑后面，碑上刻着巨大的镰刀和锤子……"

沉默了一会儿，安托万又嘀咕道："别谢我，更不要向我解释什么。我只想告诉你，为了替你做这些荒唐的事情，我差点儿被送进虎口。"

"等等，"托马苏欲语又止，"我不能在电话里跟你多说，说来话长。总之，你做得很好。"

"需要我用电子邮件把照片传给你吗？"

"不用不用，你别管了。赶快回来吧，老兄，千万小心。"

托马苏关了手机，放在桌子上。他有点儿头晕，这么说，他是对的。两个如此遥远的地点和两个如此不同的时代真有某种关联。而把表面上毫无关系的这些东西联系起来的，正是这个小小的几何符号！这是几千年前在耶路撒冷设计的，1920年在莫斯科建造列宁墓时使用了一次，1947年在纽约建造联合国大楼时又使用了一次。

克莱尔焦急的目光把他拽回到布鲁塞尔的小酒吧。

"你们说了些什么？他在那儿看到什么了？"

托马苏迟疑了一会儿，才把谈话的内容告诉了她。

克莱尔往前欠了欠身子，脸上又出现了托马苏以前见过的那种愤怒："此事跟我父亲的死有关吗?"

"别激动，我会告诉你的。只是，从哪儿开始说起呢……事情太多了。你一定听说过司风女神殿吧?"

27

1740年，印度斋浦尔

贾伊·辛格挥了一下手，队伍在路中间停了下来。车队扬起的灰尘被一阵风吹了过来，遮天蔽日，最后才慢慢落回地上，眼前又明亮起来。

辛格凝视着自己的杰作。斋浦尔，这是他的城市，完全是平地起高楼。他遥望着错落有致的新区：中间，道路下方，几里开外，耸立着宏伟的哈瓦·马哈尔司风女神殿，正面有数百个别针形洞口，那是窗户。他笑了。

他坐的十二个人抬的大轿，是用名贵木材做的，宽敞舒适，他在里面稍一欠身便可看见世界上最神奇的景象。不远不近，隔着这个距离，最能让人产生幻觉。这座宫殿的真实面貌，谁也想象不出来，因为有缘进去过的人很少。它耸立在城市中心，宏伟得都不像是真的。

这座建筑是辛格的主要作品，为其统治增添了不少光彩。看着他日益消瘦的身体、凹陷的面庞和发烫的四肢，大臣们都深感不安但又不敢声张，可他却下令继续扩建。

贾伊·辛格成为斋浦尔的土邦主时，这里还是座小城。二十年间，他建立一个强大的王国，就连最大的王国也要恭维他。政局平稳，商业也发展起来，欧洲各国君主都乐于跟他打交道，投资者也纷纷到来。斋浦尔之所以能成为物流集散地，路易斯十四统治的法国和意大利诸多公国都功不可没。重新建造的首都，现在完全成了贾伊·辛格的首都，这与他统治初期已截然不同，当时，他只是大臣争夺的对象，其权力仅局限于选择顾问的建议。他常常回想起与威尼斯人初次接触时的情景，他们做事迅速、说话得体、脑子灵活。起初，他并不明白他们给他带来了什么，但他懂得接待他们，从而抓住了机遇。现在，他高高在上，统治着那些曾引他入门的老师。王宫、天文观察台、扬特拉·曼迪尔天文台（他担任设计师的五个天文台中最出色的一个）就是他的杰作，是他对科学的贡献。如果没有弄错的话，如果吞噬他身体的疾病能再给他一点时间，他将成为几代人的自豪。莫高尔·奥朗则布皇帝当年授予这个土邦主以“沙瓦伊”（杰出人才）称号时，知道自己是多么高瞻远瞩吗?

辛格当时才十一岁，只是一个小小的继承人。王朝因阴谋和分裂岌岌可危，老皇帝喜欢这孩子，把他召到身边。他目光清澈，在君王面前没有丝毫的胆怯，尽管国王召他来是让他解决臣民的好斗问题的。

他毫不畏惧地走进铺着大理石的大厅，脚下的凉鞋“噼啪噼啪”地敲击着地面。到了皇帝面前，他跪下来，双手合十，十分镇定。动作迟缓的皇帝突然难以置信地用粗胖的手抓住了这孩子的双臂，可孩子竟然没感到害怕，他低着头，感到老人的气息正喷在他的额头上。

“现在，你的胳膊有什么用?”君主想显示自己的权威。

孩子的回答声音细弱，却让周围的群臣心惊肉跳。

“无任何用处，陛下。洞房之夜，被丈夫拥在怀中的妻子，其双臂也同样无用，但她感到十分安全，因为有丈夫的保护。”

皇帝露出了笑容，松开了他。年轻的王子保住了自己的脑袋，保住了家族的权势，也赢得了君主的宽容，这一宽容庇护着他，直至皇帝去世。之后，纷争再起，而且愈演愈烈，直到有一天，来了几个外国商人，他们想做生意，并让他分享他们的知识，使他成了一个杰出的人才。

28

克莱尔沿着出事地点周围匆匆拉起的警戒线，走在托马苏前面。那是图尔和塔克西街区中心，也是布鲁塞尔最时髦的地方，以其怪异奢华的未来主义建筑而著称。昔日布鲁塞尔工业引以为豪的工厂已被夷为平地，现在只能看见几十米高的钢结构，才立起来一部分。欧盟委员会和欧洲议会以后的办公大楼应该就在那里了。可惜，刚建了一半的大楼正面，已被炸了一个半圆形的大洞。

克莱尔已完全镇定下来，在热气腾腾的酒吧里，她听托马苏讲述建筑师及其设计的建筑物的命运，听得很专注，甚至不再下意识地用抚弄胸前的绿色小宝石。他们低声说话，怕被邻桌听见。当侍应生匆匆从他们身边走过时，他们便止住话头。她只问一些非常直接的问题。

“为什么是纽约？为什么是莫斯科？”

托马苏掏出一张纸，在上面画了四条竖线，想让对方弄得更明白。

“就说从索邦大学和奥弗涅弄来的资料吧！我们有四类城市或者说是地方，却没有任何东西能在时间和空间上把它们连接起来。某些地方，有相同的计算公式，图纸上有相同的点。还是从我最熟悉的地方着手吧：耶路撒冷。我知道，地图有点的地方，就有坦尼特标记，这与标有‘ST’的记事本上的描述相吻合。戈维茨说，那里还有另外五个标记。我根据所掌握的草图，试图证明耶路撒冷的几何符号也存在于其他地方。我只能慢慢摸索，这与加西厄不同，他根据自己的公式复原了这些点，而且知道自己在寻找什么，我却只能从某个例子出发，况且，我没有掌握时间范畴——一个人待在某个地方的时间长短；也没有掌握空间范畴，即三维图上的建筑设计，我只掌握二维，所以，大部分建筑物的计算并不吻合。我选取了最有说服力和我敢肯定它们之间有关联的建筑物，因为谋杀就发生这些地方。这是前两类城市或地方，第三类是我未确定或尚不理解其关联的城市，第四类是建筑物尚未落成或永远不会再建的城市……"

他止住话头，移了一下座椅，让坐在另一张桌前的顾客通过。

"能举个例子吗?"克莱尔问。

"比如公元前140年罗德斯的狄诺克拉底在亚历山大港建造的宫殿，那是为托勒密·费拉德尔菲建造的。法老感到自己的政权处于风雨飘摇之中，想通过建造一座举世无双的建筑来弥补。"

"'弥补'？什么意思?"

"我也不是知道得太清楚，但我知道那个宫殿无与伦比：一个被奉若神明的法老的塑像，利用建筑材料的吸引力和排斥力飘浮在空中。"

"后来被毁了?"

"几年后就毁了，完全被毁。托勒密的统治随时会被推翻，但他一直苟延残喘。宫殿消失的那天，他的统治也结束了。"

"太离奇了!"

"这可不是什么魔法。"

托马苏在头脑中寻找恰当的词语。接待他们的侍应生走过来，微笑地问是否能埋单，因为他要换班了。

"其中有些神秘因素，"侍应生走开后，托马苏边放好钱包边继续说，"但更多的是一门已经失传的科学，我们现在只了解一点皮毛。"

他往前靠了一点儿。

"也有离现在更近一些的例子：你听说过阿尔伯特·施佩尔的设计方案吗?"

"希特勒的建筑师。我见过柏林的体育场……"

“可你没有见过德意志运动场，那是为迎接纳粹德国的巨大集会而设计的体育场。想象一下，在纽伦堡市中心，一个拥有四十万个座位的体育场。同样，你也没有见过大圆顶，也就是计划兴建的新首相府，那是梦想中的权力中心，其中的半圆形会场有十五万个座位，拱顶高二百九十米。你没见过，这一点都不奇怪，因为这两个建筑物都没有问世，它们只存在于图纸上。”

“这跟爆炸、谋杀和我父亲的死有什么关系？”

“这些图纸，你父亲都看过、研究过。他发现，这一失传的理论，其中的某些元素曾进行过试验。虽然许多计划都未能实现，他却弄明白了，并发现了一些已成现实的东西，建设者已把它们真实地呈现在人类面前。”

“莫斯科？纽约？”

“是的，列宁墓是阿列克塞·维克托洛厄尔奇·切特舒舍夫的伟大作品，还有一座象征权力的建筑也是这位建筑师的杰作，那就是克格勃的前身——苏联秘密警察总部。那个伟大的建筑师后来一直处于斯大林的严密监控之下，无法再创作更好的作品，不过他没有被流放，斯大林似乎害怕他身上的某种东西……”

“安托万去纽约看的是……”

“联合国总部所在地，那栋建筑建于1947年。”

“他去看什么？”

“去查证我根据你父亲的研究成果给他标出的准确位置，看看那里有没有跟耶路撒冷同样的标记。”

他在纸上画了一个坦尼特标记，递给克莱尔。

“至于爆炸事件，”托马苏接着说，“我核实了其中的两件，巴黎国民议会和罗马的圣皮埃尔大教堂，这两座建筑都采用了同一基本原则，虽有些差异，但万变不离其宗。”

“谁制造了这些爆炸事件？为什么在那里而不是在其他地方？”

“首先，没有任何证据表明系列爆炸事件已经结束，但我注意到一个特征：每个被炸的建筑物都有其他标记，你父亲用另外一种颜色把它们都标在了图纸上。我想了半天，终于明白了这是什么意思。所有遭袭或即将遭袭的建筑物虽然是由不同的公司承建，但同一个研究机构在不同程度或者通过一定数量的授权者介入其中有关。所以，国民议会的半圆形大门和举行会议的大厅完全进行了改建；2003年在梵蒂冈罗马圣彼得大教堂下面挖地建停车场时，曾进行过考古发掘。”

克莱尔两眼盯着他。

“我不知道你父亲扮演的是什么角色，但他在继续某种战争。不知道他在为谁、反对谁、与谁一起在进行这场战争，也不知道是根据什么原则，但他在进行一场战争，这毫无疑问。”

“迦太基海域的沉船是否跟这些都有关系？”

“我想，相关的规则，你父亲并不比以前的建筑师掌握得更多，他仅仅是发现了这些规则的存在，他相信解密的钥匙就在那艘船里。”

克莱尔看着托马苏，过了好一会儿才问：“我们到这里来是为了……”

“进行核实。”托马苏看了看表，态度非常坚决。

外面，夕阳开始西下了。

“走吧，”托马苏站起身，说，“我们还要赶路。”

他们出了酒吧，走了几分钟，拦了一辆出租车，在离出事地点不远处下了车，悄悄地向现场摸去。

他们沿着围栏快步前行，直至走出被路灯照得一片通明的地段才放慢脚步。托马苏准备从围栏上翻过去，并弯下腰来给克莱尔当人梯。克莱尔用手扶住他，抓住波浪形的绿色铁栅栏，爬了上去。听见她落在另一侧地面之后，托马苏也抓住栅栏，迅速爬了过去。落地之后，他一动不动地待了一会儿，观察周围的动静，然后才猫着腰，慢慢穿过毫无遮挡的石板路。眼前，被烧得有些变形的钢梁，像是一个可怕的雕塑，又像是一条巨大的章鱼朝四处伸出触角。

他们靠着墙，悄悄来到大楼正面。

“你想找什么？”克莱尔低声问，“里面没有任何完整的东西。”

托马苏示意她别说话。

突然，大楼前粗糙的水泥地上传来了脚步声。

托马苏闪到墙后，伸长脖子，想看清是什么人。

一道光束照来，他赶紧退到暗处，抓住克莱尔的胳膊，推着她往爆炸留下的黑洞和存有一半积水的小坑里撤。

“守夜人。”他低声告诉惊恐万状的克莱尔。

托马苏伸长耳朵，听出只有一个人的脚步声，放心了一些。还好，没有狗。他紧贴着墙，屏住呼吸，等待着。

守夜人慢慢地走了过来，托马苏凭脚步声判断对方应该是个小个子中年人，而不是身强力壮的小伙子。听见他的呼吸声了，接着看清了他的脸，这时，守夜人也发现了他，张嘴想喊，并去抓挂在皮带上的对讲机。托马苏不等他动手，使出全身气力，朝他当胸一拳。对方沉闷地叫了一声，重重地摔倒在地。托马苏弯腰抓住他的衣领，让他站起来，然后又向他肚子上猛击一拳，并用膝盖撞击他的下巴。对方又倒在地上，失去了知觉。

托马苏气喘吁吁地等待片刻，确认四周没有动静，才将守夜人拖到墙脚，然后回头找克莱尔。

“在这儿。”克莱尔轻声招呼他，她趴在水坑的边上。

托马苏跑到她身边：“不能浪费时间了。”

克莱尔看着躺在地上的守夜人，问：“死了？”

“没有，只是被击昏了而已。不知道他会昏迷多久。我们快走！”

克莱尔跟着他，弯腰穿过红色的警戒带，上面用法语、英语和弗拉芒语写着“警察，侦查之中，禁止入内”的字样。

他们小心地往前走，注意脚下随时都可能碰到的陷阱——露出混凝土的钢筋、瓦砾中的缝隙，一不小心腿就会陷进去。

“从这儿走。”托马苏看见了一扇损毁不太严重的门。

门后有楼梯，他们匆匆往下走，几乎是在爬。走了二十来个台阶之后，他们陷入了黑暗之中。一团团被拽出来的电线在往下滴水，铜丝在黑暗中闪着亮光。

托马苏拿出一把小手电，扫了扫他们到达的这个楼梯平台。

“右边通向委员会，左边通向主席办公室，中间通往部长办公室和会议室。”

“他们在地下建了办公室？”克莱尔很惊奇。

“不，是会议室。”托马苏说。

他们往中间的走廊走了二十来米，被几块从拱顶掉下来的石块挡住了。

托马苏指了指被掩埋了一半的门，克莱尔有些犹豫。托马苏蹲下来，深一脚浅一脚地钻了进去。

里面到处都是尘土，弄得托马苏和克莱尔满脸是灰，他们用手帕捂着脸，弯腰前行。托马苏默默地数着脚步，然后停下来，转身对克莱尔指指天花板：

“应该就在这里了。”他蹲下来，用牙咬住手电，摸索着在地面上寻找塑料地板的接缝。

“帮我一把。他们铺了塑料隔音板，还没有做地砖的基础。”

克莱尔也蹲下来，和他一起用力，塑料板松动了，他们把它掀起来往后翻。一股灰尘扑面过来，他们赶紧后退，用手捂住脸，怕被迷住眼睛。

几分钟后，等灰尘落地后，托马苏用手电照着暴露出来的地面。

克莱尔也伸手去摸，一碰到水泥地面，她的手就僵住不动了。托马苏一阵激动，也用手去摸：他的手指清晰地感觉到刻在石板上的那个标志，就是他两小时前在咖啡馆里画在纸上的图案：一条横线，上面有个圆，下面有个三角形。

*

托马苏看着火车启动，沿站台行驶了一段，然后往左拐了个大弯。从渐渐远去的声音可以听出，司机加速了。

尽管火车已经远去，他仿佛仍看到克莱尔的身影，她的短发在第一节车厢的第一排座位间晃动。

爬出工地的时候，他们把套在衣服外面布满灰土的罩衣脱下，扔进垃圾箱，然后迅速离开。走了一段之后，克莱尔问：

“悄悄地刻在建筑物中的这个标记究竟是什么意思，托马苏？”

托马苏不时地扭头往后面看一眼。一辆奔驰汽车飞快地驶过，一切又重归于静。

“这是一种标记、一个传统。建筑师往往在他们建造的建筑物上留下象征性的标记，常常是秘密的。在中世纪，石匠参与建造大教堂后，也会在石头上看不见的地方留下自己的印记。他们继承了来自埃及的一个十分古老的传统：工匠们在建筑物的着力点写上自己的名字，他们认为能量流经那里。”

“做这些标记的人，他们自己相信吗？”

“不知道。我认为这些标记首先是一种符号，建筑者之间分享全部或部分秘密，我们正试图用他们的建筑方案加以证实，现在要弄清的，就是这一点。”

他们又默默地往前走了一会儿，没有说话。

“现在怎么办？”克莱尔又问。

“去西班牙跟安托万会合。不过得分开走，两人一起坐飞机太危险，我可不想被人发现！你先回巴黎，到北站的行李寄存处取回资料；然后等我与你联系，我会告诉你怎么去。”

这一次，克莱尔没有表示反对。

*

托马苏等火车消失在远方，才回到南站的露天停车场，租来的车就停在那里。为了抄近路，他又穿过大厅。从透明的玻璃通道出来之后，他犹豫了一下，不知是否该从广场上走，最后还是决定走停车场旁边的小路，那里更加隐蔽。走了二百来米，进入停车场，上到二楼，看见那辆蓝色的福特车仍斜斜地停在那里等他。为了交通方便，他来的时候租了一辆车。

一个戴墨镜的人迎面走来，在他身边停下，长长的鬈发垂在肩上。托马苏往后一退，盯着来人。对方指了指叼在嘴上的香烟，示意想借火。

托马苏不由自主地在裤兜里摸了摸，然后摊开手。对方笑了笑，表示没关系。托马苏以为这一无言的谈话已经结束，想继续往前走，就在这时，一个黑影向他扑来，他来不及躲避，一只胳膊已经箍住他的脖子，让他喘不过气来。又过来一个人，扭住他的双臂。他想挣脱，感到脖颈有针刺入，随后便双腿发软，摔倒在地。他想喊叫，但已没有声音。他觉得浑身冰凉，双眼模糊不清，好像坠入漆黑的隧道中。朦胧中，他看见戴墨镜的男子摘下头上的假发，然后便什么也不知道了。

*

托马苏醒过来时，首先闻到一股浓烈的煤油味，让他好一阵呕吐。他躺在地上，吐得差点喘不过气来，过了好久，他想站起来，但一根棍子死死卡住了他的脖子。他睁开双眼，眼前却一片漆黑。一块布或是一个不透光的风帽捂住了他的脸。他感到呼吸困难，头疼欲裂。他试图平衡自己的呼吸，回想起上潜水课时所学的知识，要懂得克服焦虑：黑暗、缺氧、巨大的压力和头疼……他所熟悉的这些情景给了他心理上的帮助，他的心情放松了一点。

他冷静下来分析自己的处境。他好像躺在一张金属板上，手脚、身体和脖子都被捆住，根本无法动弹。金属板微微颤动，散发出一股令人作呕的柴油味，并伴有发动机的声响。一阵特别的“嗡嗡”声使他大吃一惊，他感觉到身底下有起落架正在展开。

是在飞机上。又一阵更剧烈的疼痛袭来，打断了他的思路，让他眼冒金星。他咬紧牙关，不让自己昏死过去。他的呼吸又艰难起来，身上出了冷汗，随后失去了知觉，但“嘭”的一声巨响马上又让他苏醒过来，飞机轮胎触到了跑道，尖利的制动声与发动机逆转的吼叫声混杂在一起。

29

托马苏坐在椅子上，双手被铐在背后。他一阵战栗，太冷了！好像到了北极。脑袋疼，他想抬起眼睛，但头顶的灯光很强烈。他深深地吸一口气，试图回忆起过去几小时都发生了什么。他只记得被人抬着，然后触到了冰冷的水泥地，接着在这个屋子里醒了过来。他曾听见手铐“咔嚓”一声把他的双手铐住，蒙在他头上的东西被取下来了，然后便再也没有声音。

他被关在一间没有窗户的铁屋里，屋子四四方方的，五平方米左右，一张长方形的金属桌子用螺钉固定在地上，一张同是金属的椅子放在离桌子很远的地方，也被螺钉固定住，两支长长的灯管罩着金属网，白色的灯光贼亮贼亮。托马苏的手脚都被捆在椅子上，他感到很冷，便用目光寻找暖气设备，但看不到，只有右边墙角有个小铁栅，像是热风口。

有人开门，吓了他一跳，他想自己的神经太紧张了。应该不露声色，观察他们的一切。

来人皮肤黝黑，看起来很年轻，一头金发剪得短短的，白色的T恤衫外面套着一件浅褐色的衬衣，好像径直从电影《史密斯夫妇》中走出来似的，又像是影星布拉德·皮特的小兄弟。他强笑着，双手插在裤兜里，托马苏估计他二十五六岁的样子，最多不会超过三十岁。

年轻人走了几步，没有吱声，好像在踱步，然后停了下来，默默地盯着托马苏。托马苏想睁开眼睛，但很费劲。他想可能被用了药，他感到了恐惧，尽管冻得发僵，身上却在冒汗。

“你竟然不知道自己干了什么事，可怜的朋友，”来人用英语说，“我有足够的理由关你一辈子，或者，送你上电椅。”

他在托马苏身边走来走去，然后在椅子后面站住，往前弯着腰。托马苏感到他的气息直喷自己的脑门儿，身上散发出一股柠檬香味。

“也许比这更糟。”

他直起身，又继续踱步，运动鞋在地上发出“咯吱咯吱”的声响。

“怎么向你解释呢？知道关塔那摩吗？至少，那是一个确实存在的地方。这里就不一样了，这个地点不存在，我也不存在，所以你也就不存在了。”

他指着房间的各个角落：“这里没有摄像头，没有单向透视玻璃窗，没有录音，什么也没有。这里是荒漠，是虚无。”

托马苏尽全身力气，打断了对方。

“中情局臭名昭著，无恶不作，路人皆知。看看《纽约时报》就知道了。你的那些花招，玩弄不了太长时间。”

那人坐在桌边，双手按着金属台面：“你充满敌意，但并没有说错，只是，事情比这要复杂得多。恕我不能透露，但我可以给你一点小小的启发。你要知道，你说的那些看起来都是非法的，其实都是经过允许的。”

他站起身来：“至于你，你的情况糟透了，不能再糟了。你刚在‘大力神’C－130上度过了几个小时，我知道，坐过‘湾流V’C－37，再坐‘大力神’当然会感到有点不舒服。这么说吧，你已经远离布鲁塞尔，在你根本想不到的一个地方。顺便提醒一句，去布鲁塞尔爆炸现场，这可不太明智。我有两个假设、三个问题。第一个假设，你策划了这场针对我们的行动，可以说，你是我们的敌人，所以你身上有让我们感兴趣的东西；第二个假设，你不过是这场游戏中的一个帮凶，一个偶然或几乎是偶然闯入的大笨蛋、一个该死的家伙，如果是这样，你对我毫无用处。你知道的东西可能不少，但比起我来要少得多。”

他停顿了一下，观察托马苏的反应。托马苏怒目圆睁，盯着他。

“如果是第一种假设，”对方继续说，“你有一点价值；如果是第二种假设，你毫无价值。也许除了你听到或见到过的某些东西，而那些东西重要在哪里，你却一无所知。”

对方重新坐下来，扬起下巴，咬文嚼字，就像电视游戏节目的主持人，想在提出关键问题时增加悬念。

“现在，我要向你提三个问题，然后，你去思考，我过一会儿再回来听你的答案。第一个问题：加西厄的资料和手稿在哪里？沉船的地点在什么地方？第二个问题：是不是你杀了加西厄？第三个问题：你对坦尼特标记究竟知道多少？”

托马苏毫无表情地看着他，听了这三个问题，他倒放心不少。

对方走向门口，拍了两下手掌。门开了，他从半开的门缝里钻了出去后，突然转身，对托马苏说：“好好想想。”然后又说：“总之，睡觉是不大可能了。”

*

铁门“哐当”一声把托马苏从昏睡中惊醒，垂在胸前的脑袋刚抬起一半，便又落了下来。他昏了过去。这次，他们把他扔在这里，好像不打算再让他醒来了。

他感到下巴被一只手托起，但无力睁开双眼。现在是白天还是黑夜？自从被关在这间屋子里之后，他不知道过去了多少时间。

乱七八糟的问题、常规的审讯反反复复，加上噪声和强光，让他觉得这一切都像噩梦一般。他感到四肢无力，全身的肌肉都在痛。他想按先后顺序把这些天来发生的事情在脑子里过一遍，但有些力不从心，他的精神已经很难集中，脑子里闪过一个念头，却老抓不住，他总觉得自己错过了一张重要的牌。他又晕了过去。

30

托马苏看着屋顶透进来的亮光。小屋跟审讯室几乎一模一样，不过陈设不同，这里有张床和一张也被固定在地上的凳子。光线透过三根铁条，斜斜地照在床边。

他的手铐被摘下来了，关他的人偶然会进来看看，但对他喝水、吃饭或上厕所的要求漫不经心，有时像没听见一样，在一小时或更长时间之后才满足他。

他试图记住经过的路线。小屋外面是一条走廊，走廊两边有六七间小屋，一头好像是厕所，另一端通往外面，每次押他去审问都从那里走。在他们给他戴上头罩前，他看见了外面的树林和飘着云彩的天空，天空下面好像有块砍掉树木的林间空地，中间有幢深绿色的大楼，四周还有几间小一点的屋子，跟关他的牢房差不多。墙面的颜色很奇怪，土黄色加草绿色，和士兵的迷彩服有些相似。

托马苏还看见了铁丝网，但他很快就被戴上了的面罩，无法进一步观察周围的布局。黑暗中，他数了数从牢房到审讯室的步数，推算出审讯室可能设在主楼。

附近应该还有个直升机场，因为有一次路过时他听到发动机的响声。

他深深吸了口气，压制住胸中随时可能爆发出来的怒火。“要冷静，”他告诫自己，“一定要冷静。”他感到很累，便在小床上坐了下来。

坚持……

他脱下鞋子，拿起发给他的蓝色鞋子，鞋上没有任何标记；睡衣也同样，蓝色且没有标记，也是用粗糙的布料做的，似乎是棉布。

阳光现在照到了小床上方的墙上。

几个小时过去了，没有听到任何响声。托马苏又开始估算过去了多少时间。只有夜幕降临，再也没有来人干扰，他才知道又过去了一天。就在他双手枕在脑后，躺在床上迷迷糊糊地胡思乱想时，外面的一声大叫让他惊跳起来。他站起来，透过门缝往外看，但什么也见不到。

又是一声吼叫，他周身的血液都快凝固了。好像有人发疯了，接着又听到乱哄哄的声音，夹杂着叫喊声。他想弄清声音的来源，讲的又是什么语言。

这时，他听到了锤子撞击金属的巨大响声，又有人喊叫，而且好像就在旁边，还有呻吟声，之后，便什么也听不到了。托马苏伸长耳朵，二十分钟过去了，走廊里才传来脚步声。有人“乒乒乓乓”打开一间牢房，又安静了五分钟，然后铁门“哐当”一声重新关上。托马苏听到有人走近他的囚室，压低声音交谈。托马苏偷偷地听到了几个字：

“监视……”

“最好撤走这个点……搬到另一个地方…………”

门响了，囚室被拉开门闩，进来一个他不认识的人，穿着不知道是什么机构的制服，没有戴帽子。来人把一副手铐“砰”的一声扔在地上，想唤醒躺在床上假装睡觉的托马苏。托马苏没有动，来人往前一步，伸长脖子过来察看。门后，还有一个人的影子投在地面上。托马苏心想，可能发生了这些家伙无法控制的事情，也许，这是逃跑的唯一机会。

来人打开挂在腰间的手枪皮套，抓住枪，站在离小床一米远的地方，大声喝道：“起来！快起来！”

托马苏没有动。来人犹豫了一下，朝门口看了一眼，表示没办法。

站在门外的那个人说：“你出来吧！”

托马苏心想，该动手了……

来人转过身，准备出去，正好挡住了门外那人的视线。他没有把枪套重新扣上，手却从枪把上拿开了。托马苏跳起来，使尽浑身力气，猛撞他的背后，同时夺走了他的配枪，对方失去平衡，一头碰在打开的牢门上。另一个看守见状掏出武器，但马上又改变了主意。托马苏一看就知道他想关门，于是果断开枪，看守往后倒下去，猛地撞在墙上，然后慢慢瘫倒，地上出现了一摊血。托马苏拔下挂在门上的那串钥匙，向外冲去。

寂静中好像有几声枪响。他停下脚步，伸长耳朵，颤抖着双手，仔细查看夺来的那串钥匙，前七把同样尺寸的钥匙大概是用来开牢房的，不予理睬，还剩下六把，两把圆头的扁平小钥匙，好像是万能钥匙，其余四把是保险钥匙。

到了大门口，转动门锁，不动。他一头大汗，右手持枪，左手试着用四把保险钥匙中的第一把开门，但打不开，第二把和第三把也同样。

他紧张地往后扫了一眼，深深吸了一大口气，然后将最后一把钥匙插进锁孔。随着清脆的一声，门开了。

吹来一阵狂风，差点把门重新关上。他吃力地拉住大门，不让它碰击水泥墙。围墙上雪亮的探照灯只能照到中心地带，却照不到边上，别人很难看清他所在的确切位置。他沿着墙，悄悄地潜入黑暗之中。

*

托马苏贴着木板屋悄悄地往前走，当一支小巡逻队从他身边经过时，他几乎绝望了，奇怪的是他们竟没有发现他。他连忙钻进在林间空地上匆匆搭建的临时棚屋。他在里面冻得浑身发僵，觉得时间过得太慢，其实只待了不到两分钟。他慢慢地爬出来，看见一个窗户，里面的桌上放着食物，好像是油饼，还有水。他太饿了，想吃东西，便冒险爬进屋，并从里面把窗关上，但没敢开灯。油饼是别人吃剩的，但他觉得太好吃了，他还喝了几大口水。在一个壁柜里，他找到了一件衣裤相连的蓝色工作服，还有一顶帽子。他脱下自己身上的囚服，匆匆换上，临走前还顺手拿了一份资料，装出在工作的样子。

从窗口爬出去之前，他细心地在工作服上别了一个胸卡，胸卡也许已经过期，但从远处看不清，可以麻痹别人。桌上的液晶小摆钟的指针指着两点十二分，他以为自己看错了。半夜两点，即使手里拿着资料，这个时候出来走动也会让人感到奇怪的。奇怪的还有警报一直没响。已经过去了十来分钟，这种情况不可能继续下去。他冲到外面，看见远处停着几辆车，他犹豫了一下，毅然朝车子跑去。跑了五十来米，正前方突然亮起了灯光，与此同时还响起了轰鸣声。他差点儿想逃，但最后还是冷静下来，停住了脚步。那是直升机的灯光，飞机在预热。他抓住放在上衣口袋里的手枪的枪把，向在他面前颤动的白色灯光走去。

在离飞机二十来米的地方，他举起手中的资料，示意带来了东西，然后继续往前走，也不管飞行员是否看见。当气浪掀起他身上的衣服时，他弯下腰来，用手扶住帽子。终于有正当的理由低头了！他刚抓住左侧的机舱门，警报就了响起来。透过玻璃，托马苏看见飞行员有些紧张，双手放在操纵杆上不知所措，眼睛看着前面，似乎想知道警报为什么响。他们后面，所有的灯光都亮了起来。托马苏抓住把手，打开了机舱门，飞行员朝他转过头来，刚想把手伸到前面的包里，便看见一把手枪对着自己的脑门儿。托马苏翻身进入机舱，示意他打开另一边的门。对方浑身发抖，照他说的做了。这时，许多人跑到离他们不远处的空地上。飞行员张开嘴想喊，托马苏用枪抵住他的脸，然后猛地飞起一脚，把他重重地踹下了飞机，然后坐到驾驶座上，锁好舱门，把马力开到最大。

直升机的轰鸣声盖住了一切声响，跌倒在地的飞行员半坐起来，还有人向直升机冲过来。托马苏拉动操纵杆，机尾翘了起来，停了一会儿，才完全抬离草坪。托马苏看见飞机下的人影越来越小，有一两个人还开了枪，但他戴着耳机，枪声被过滤了，听起来很轻。很快，那些人就消失在黑暗之中了。

托马苏切断了无线电。仪表一切正常。他刚刚逃离美国中情局的一个秘密营地，但用不了几分钟，就会有其飞机来拦截他，所以必须尽快降落。他不知道自己在什么地方，其实，在什么地方都有可能，甚至可能在美国。

前面的高山后面没有灯光，不像是城市。雾气茫茫的夜色之中，四周一片黑暗。托马苏全神贯注，保持镇定，庆幸和安托万合作以后学到了不少飞行知识。十年来，他常有机会练习，所以，尽管身体疲惫，精神又高度紧张，但应付这架直升机还是没问题的。他降低了一点飞行高度，寻找可以降落的地面。下面的地势高低起伏，但由于覆盖着森林，所以给人以平缓的假象，必须十分小心。他看了看仪表盘上的时钟，已经飞了十分钟，他想，不能再飞了，最多只能再飞五分钟。

31

托马苏疲惫不堪，很难集中精力，而夜间在陌生的环境下飞行需要打起十二分精神。他眼睛灼痛，浑身肌肉酸疼，受伤的脸还在抽搐，尤其是右腿，疼痛难忍，他还以为在审讯中被打断了。突然间，他眼冒金星，手脚慌乱，飞机也跟着摇晃起来。就在差点坠机的一刹那间，他成功地稳住了飞机。五分钟过去了，虽然追兵没有出现，但必须降落了。

直升机来到一个山峰，发现丘陵变成了群山，但山脚下好像有个断层。他借着直升机微弱的灯光，判断着山坡的斜度。远处，一条小道蜿蜒着穿过断层，然后又爬上被森林淹没的高山。他判断那块平地长约三四公里、宽一公里左右。直升机慢慢地靠过去，在那地方的上空盘旋一分钟，他看清下面没有障碍物，才开始转着圈下降，并尽可能靠近森林边缘，这样可以更隐蔽一些。起落架触到地面时，碰到了被草丛遮住的石块，猛烈的颠簸险些将托马苏抛离座位，他左腿撞到仪表盘上，痛得大叫一声。飞机摇摇晃晃，终于停稳了。托马苏咬紧牙关，关闭了发动机，这时，他已精疲力竭，似乎连解安全带的气力都没有了。他躺坐在椅子上，头垂在胸前，想休息一会儿。这时，他看到了别在腰里的手枪，上面有血，手上也有血，是被他击毙的看守的血。他惊醒过来，不能坐在这里，要立即逃离。

他强打起精神，猛地站起来，打开舱门，寒气扑面扑来，像鞭抽一样。他抓着把手，爬下踏板，走了几十米，然后停下来，最后扫了一眼直升机。四周一片静寂，飞机也不再发出任何声响，在夜风中岿然不动。地形陌生，托马苏想，最好还是找回刚才在空中发现的那条小路，但要与小路保持一段距离。他踉踉跄跄，往小路的方向走，在一个茂密的树丛下，他实在走不动了，腿一软，倒在地上，很快就睡着了。

*

天亮了，托马苏发现自己躺在离小路二十来米的地方，他冷得发抖，嗓子发干，但不敢多耽搁，于是咬着牙往前走。前面有条小溪，他犹豫着，不知道该不该喝水，但最后还是决定冒一冒险。太渴了！他还吃了几个野果。半夜里，他好像听见有飞机从头顶上飞过，但飞得太高，他们什么也发现不了。

突然，他听到远处有响声，他赶紧用臂肘支撑着站起来，躲在岩石后面。崎岖不平的小路上，两个亮亮的圆点越来越大，听声音，应该是辆卡车。托马苏站起来，向小路摸去，得设法上车。道路可能被封锁了，徒步肯定行不通。不久，一辆破旧的卡车“吱嘎吱嘎”地开过来，前挡板锈迹斑斑，车厢上的铁架像是动物的骨架，上面盖着土黄色的篷布。虽然卡车开得很慢，但拖着伤腿追上它并跳上去并不容易，而且，司机一旦发现他，很可能会加速……得设法让卡车停下来。他从地上捡起一块石头，猛地砸过去，卡车的挡风玻璃被砸中了，玻璃裂成了条纹状，像是被罩上了一层白布。司机看不见前面，连忙刹车。托马苏听见车轮在路面上滑动的声音和尖利的刹车声混在一起。

由于惯性，车没有马上刹住，又摇摇晃晃往前开了几米，差点翻到沟里，最后总算在路边停下来。托马苏忍着腿上的疼痛，悄悄地向前。司机那侧的车门打开了，脚步声告诉他，司机正走到车前查看情况。托马苏抽出手枪，寻找有利时机。司机双手叉腰，头戴棒球帽，背对着他，站在被迫停下来的卡车前，看着破碎的挡风玻璃，感到莫名其妙，他朝周围扫了一眼，然后把帽子往后一推。托马苏发现他大概五十开外，但看不出是哪国人。突然，司机一个急转身，看见了托马苏，惊叫一声：“Ségitség！”托马苏连忙用枪猛击他的脸。被击中下巴的司机朝后倒去，重重地摔在地上，晕了过去。托马苏把他拖到路边，然后上车发动汽车，车子像打嗝似的颠簸了一下之后，动了起来。托马苏用胳膊肘打掉挂在车窗前的碎玻璃，风顿时抽打着脸上，但他能看到路面了。

托马苏一边开车，一边检查工具箱和司机钱包里的证件，上面的文字他一个都不认识，汽车牌照也看不清楚，白底黑字，两个字母，后面跟着两个数字，然后又是三个字母：CJ43BNE。

开了一个多小时，路上只遇到一辆车，那辆车很快就从后视镜中消失了。眼前是一片荒野，一望无际，山上有积雪，森林黑乎乎的，道路弯弯曲曲。仪表盘显示，油箱里还有四分之三箱的油，他放心了，重新振作精神，继续赶路。又开了十几公里，道路开始下坡，到了小山谷，小路分岔了。托马苏停下车，想辨认路标，路牌已经很旧，一边指向克卢日-纳波卡，另一边为特尔古穆列什、布拉索夫和布加勒斯特。

托马苏摸摸脑门儿——“布加勒斯特”！他感到有些不可思议。

*

托马苏不知道过去了多长时间，也记不清把卡车扔在克卢日-纳波卡有多久了。在一家烟囱正往外冒着浓烟的工厂附近，他把车停在砖墙边，套上扔在驾驶室里的一件肥大外衣，扔掉棒球帽，戴上无边毛线软帽，压至眉心，然后一直步行到市中心。路上行人太多，他不得不经常停下来，大概有二十次。

*

电话铃声有气无力地响着，四声、五声，然后“哗”的一声，自动留言机又启动了。托马苏挂上电话，决定两小时后再打。他不想给安托万、克莱尔和伊莎贝尔带去危险，所以除了那位主动提出要帮助他的人之外，他没有给任何人打电话。如果联系不上他该怎么办？那就在这里一直等，藏在一个门洞里，保持警觉，随时准备冲向这个破烂不堪的公用电话亭。他数着手中的硬币，还有五个。他已在留言机上两次留言，但没有报出自己的名字，只说了电话亭的号码。

行人来来往往，谁都没有注意他。他翻起衣领，遮住脖子和下巴上的血肿，竖着耳朵。他最怕有人过来占电话，一个老太太以为他是要饭的，抱歉地看着他，苦笑着说："我没钱。"他点点头，垂下双眼。他的手和腿在间隙性地颤抖，脑子已不太清醒，精神过于紧张，所以显得很有攻击性。他等了一个小时，没有任何动静，他最后决定先去吃点东西。要知道，当场晕倒比什么都糟糕。

*

托马苏正睡得迷迷糊糊，电话亭里的电话响了。他跳起来，赶紧跑过去，抓住电话。

"是托马苏·马克·多内尔吗？"

托马苏听出是那个陌生人的声音。

"是我。"

"你小子运气不错，尽管期限已过，但……"

"听着，"托马苏打断他，"我在罗马尼亚，在一个名叫克卢日-纳波卡的城市里。我是在电话亭给你打的电话。我被绑架了，刚刚逃脱。你说得对……我既没有钱，也没有证件，必须有人来接我。"

这回是对方打断了他的话："别说了。如果有火车站就去火车站，如果没有，就去墓地。有手表吗？"

"没有，但我有办法知道时间。只是，我一个字也不认识，不知道罗马尼亚语的火车站怎么写、墓地怎么拼。"

对方的声音里没有任何情绪："你是在特兰西瓦尼亚。居民讲匈牙利语，而不是罗马尼亚语。在匈牙利语里，墓地叫'temeto'，火车站叫'palyaudvar'。从明天早上八点起，你每四小时去一次，有辆车会去找你。"

托马苏迟疑了一下，然后才不情愿地说了声："谢谢。"

电话那头传来忙音，对方早已挂了电话。

*

"抽烟吗？"

托马苏犹豫了一下，才接受对方的好意。那个男人抖动着烟盒，让一根香烟冒出来，然后又递给他一个旧打火机。

托马苏谢了他，点着香烟，抽了一口，从半开的车窗往外吐烟，并看了看坐在他身边的人。对方笑了笑，望着快速向他们扑来的道路，路的两边都是参天大树，和托马苏前两天经过的那座森林相似。托马苏想不起司机的模样，中午，当这辆小车终于来到墓地的时候，他匆匆上车，像是捡了一条命。把自己交给陌生人却感到有一种解脱，这真是奇怪！托马苏心想，这也许是太过疲劳的缘故。他上车后很快就睡着了，醒来时，车已行驶在林中一条似曾相识的路上。关于司机，他只能见到他陌生的后脑勺和几乎剃光的短发。

车减速了，然后在一个十字路口路口停下。一个褪色的路标指着一条上路，但托马苏看不清上面的字。

"安全，"那人向他侧过身，用蹩脚的英语告诉他，"安全的地方，等待你完成任务回来的地方。"

托马苏点点头，最后吸了一口烟，把烟头扔到窗外。他看见林中有座小城堡，竖着塔尖，城堡前有一个石阶。

汽车驶入一条铺着沙砾的小道，停在楼前。

"欢迎！"

有人从里面出来，站在台阶上，用法语对他说。

托马苏下了车，迎上前去。此人身材魁梧，蓝色的双眼和坦诚的微笑给人以信任感。他穿着灯芯绒裤子和粗呢上衣，很像一个迷失于巴尔干山脉中的英国农场绅士。"或者是美国东海岸的贵族。"托马苏想。

"我叫蒂博尔·库里亚尼，这里的主人。您到了这里就像到了家中。”他热情跟托马苏握手，然后闪到一边，让托马苏先进去。

*

宽大的客厅里，壁炉里炉火熊熊，白色的墙上挂着壁毯。托马苏看着壁毯上的狩猎场景，由于是土法制作，红色的颜料其实是动物的血，年代久了，有些变质。

屋里的一切都显得很协调，古典风格的装饰、旧房间和复古的家具结合在一起，让人觉得很舒服。库里亚尼对托马苏说，他在西方流亡四十年，收回这座城堡时，屋里就变成了这样。城堡曾相继被改造成学校、护林员的屋子和疗养院，最后变成了高级官员的府邸，那个官员也许救了这座城堡，否则城堡早就成废墟了。20世纪90年代末，他决定返回祖父母逃离的祖国，并成功地收回了这座屋子的所有权，当时，城堡已破烂不堪，他不得不进行大修，并重新配置了家具。

他们就这样谈了很长时间。库里亚尼讲述了自己的生活经历，没有问托马苏任何问题，他亲切和蔼，甚至可以说是推心置腹，让托马苏感到了莫大的愉快。

*

托马苏坐在窗前的办公桌前，翻开黑色的小本子，开始研究他下午所记的笔记。笔记的最后一页，写着这么几个字：

“官方行动?”

下面是：

“有个问题他们从未问过我：暗杀的幕后指使?”

他好像听见有脚步声，便转过身，没有见到人，他又朝客厅外的大堂望去，也没有人影。刚来时的轻松感过后，静寂、孤独尤其是喀尔巴阡山中的这座城堡的死气沉沉，开始让他感到压抑。他在这里已经等待了两天两夜，当然，他可以休息、可以养精蓄锐，人们给他提供他所需的一切，但接着要做什么，他却一无所知。而且，他也没有伊莎贝尔和马蒂尔德的任何消息。巴黎匆匆一见，如同编织了一线希望，但很快又破灭了。

那个嘴角叼着香烟、他始终不知其姓名的男人，很不情愿地告诉他，两三天之后他的护照才能送来，在这之前，他无法离开这个地方。初次见面时，主人曾带他参观了城堡，之后仍显得很热情，几乎每餐必陪，跟他讲述当地的传奇，而且棋下得非常出色。但是，托马苏一问起是谁派他接待自己，为什么城堡的其他房间全都空着，他就闪烁其词、避而不答。

托马苏又等了十分钟，决心使用这些不明身份的人给他提供的手机。

“现在可以使用了，”保镖告诉他，“线路安全，没人监听。”

三声铃响后，安托万接了电话，显然焦急死了。

“五天啦！天哪，你在什么地方？我都快被吓死了。你的手机不通，没有任何消息……这个新号码是怎么回事？”

托马苏打断了他的话：“见面时详谈，我被劫持了，又逃了出来，在林中迷路，多亏了那天联系我们的人……”

电话那头的安托万似乎惊呆了，结结巴巴地问：“劫持！被谁？该死的，你在哪里？”

“这些也以后再向你解释，我不想在电话里讲得太多，这对你来说太复杂了，但你要相信我。”

他从朋友的声音中感觉到，安托万急死了，他也完全想象得到：安托万在船上走来走去，一遍遍地检查发动机和潜水设备，一支接一支地抽烟。

“现在最重要的是，”托马苏说，“立即去突尼斯找到沉船，发掘它，揭开谜团。要掌握主动，唯一的方法是先发制人。我们不知道船上藏着什么东西，也正因为如此，我们必须抢先一步。”

安托万稍微平静了一些，但托马苏听出了他的疑虑。

“他们……你相信吗？”

托马苏叹了口气：“我别无选择，没有他们，我们便成了瞎子和聋子。在目前这样的情况下，我也许还得学习‘你好’二字在罗马尼亚语中是怎么说的。”

“你在罗马尼亚?”

托马苏叹息道:“是的……不说了。总之,劫持我的不是他们。也许,一个是豺、一个是狼,没什么区别……”

安托万低声抱怨了一句,表明他并不反对这种看法。

托马苏又说:“尽快去突尼斯,找个落脚点,组织发掘。从我们那里带点设备过去。缺少什么,你就在突尼斯采购,地址你都有。还需要一艘船,六个信得过、机灵、不会被随时出现的问题吓倒、也不会老是问这问那的操作工,还需要一个潜水器。”

“这个,已经有了,一开始时我便选好了……”

“照你看,需要多长时间才能动手?”

“这取决于经费。”

“这方面,没有任何问题。一有可能,我就去突尼斯与你会合,我们可以购买或者租用所需的一切,该花的钱还是要花。”

安托万思考了一会儿:“如果是这样,需要六七天吧!”

“好,尽量做得万无一失。保重!”

“老兄,你也是。”

安托万关了手机。

身后传来脚步声,有人来了。托马苏把手机放在面前的矮桌上,转过身。

嘴里叼着烟的那个人来到他面前,手里拿着另一部手机,递给他,示意是找他的。

“托马苏吗?”

他听出是克莱尔的声音。

“克莱尔?你怎么会有这个电话号码?”

“这不重要,以后再告诉你。托马苏,太可怕了。”

从她的声音里,托马苏听出的不是焦虑,而是让人不寒而栗的恐惧、巨大的恐惧,远远不止是惊慌。

“我们很害怕,托马苏,害怕极了……”

“害怕什么?”他打断克莱尔的话:“出什么事了?”

对方没有立即回答,他大叫起来:“克莱尔,怎么了?警察找你麻烦了?”

“没有。”

托马苏听到她欲言又止，他拿手机的手变得僵硬起来。

“是马蒂尔德。”克莱尔终于说。

托马苏惊跳起来，好像受到了一击。

“马蒂尔德怎么了？”

“她失踪了。”

手机差点从托马苏手里掉到地上去，他张大嘴想说话，但一句话也说不出来。他把手机从耳边拿开，站起身来，深深吸了一口气，然后重新把手机放到耳边：“告诉我怎么回事。”

“伊莎贝尔和马蒂尔德出去买东西。一个男人在街上把她撞倒在地，另一个抱住马蒂尔德，就在她站起来的时候，他们跳上一辆车逃走了。伊莎贝尔回家后，不知如何是好，便给我打电话。我们已通过几次电话。我在巴黎，因为警察要我不要离开。我想弄清他们要她干什么，以保证回答的时候不会穿帮。她在等你的电话，我也是。我们俩都被吓死了……她把你留给他的手机号码告诉了我。她很惊慌。我没有任何消息，她也是，由于不知道该怎么办，我便打了这个电话……我想，劫匪也许……”

托马苏额头冒汗，两手冰凉，没有意识到自己已经沉默好一会儿了。

“你做得对。你现在在哪？”

“在……在伊莎贝尔这里。你别担心，我不离开她。”

“谢谢，克莱尔。你能让她听电话吗？”

克莱尔似乎有些为难：“她睡了，我劝她吃了一粒药，她头疼得厉害。”

“好吧。”

他在思考该怎么办，太阳穴直跳。

克莱尔又说：“如果需要，我就一直留在这里。”

“谢谢。”托马苏说。

停了一会儿，他的声音恢复了正常。必须反击了，要快、要狠，重新掌握主动权。

“请你待在那儿，和她在一起。一有消息就给我打电话，我会给你号码。让她也给我来电话。”他犹豫了一下，又说：“告诉她我想跟她说话。”

他伸出另一只手，试图让叼烟男人明白，他需要这个手机的号码。

叼烟男人拿出一支铅笔，在纸上潦草地写下一串数字，递给托马苏。

托马苏一一读出电话号码。

“你在哪儿？要去什么地方？我该怎么办？”克莱尔问。

听得出，她很担心。

“以后会告诉你的。一有可能，我就去突尼斯。我会告诉你什么时候。你要知道，不管发生什么事，哪怕是一点点新情况，都要给我来电话。没别的办法。别离开那里！”

“托马苏？”

“多保重。”

“你也是……”

*

托马苏关上手机，脑子里乱糟糟的，心中无比焦虑。“马蒂尔德，”他想，“我的孩子，落到了陌生人很可能是恐怖分子手中……”他恐慌起来，紧握双拳，闭着双眼，然后强迫自己站起来。要坚强，挺住。

他猛一转身，用英语对站在角落里的那个叼着烟的人说：“情况有变，我要离开。马上！”

那人摇摇头：“证件没到！”对方用蹩脚的英语回答说，“今晚或明天你才能走……”

“可现在出现了新情况。我不能等，这是关系到生死的大事。我可以从巴勒莫走。”

叼着烟的这位看着他，没有动。

“求你了，”托马苏又说，“请帮帮我……”

他不肯定叼着烟的这位是否听懂他的意思，便重复道：“巴勒莫，西西里。”

叼着烟的这位开始好像很快就明白了：“好吧！”

托马苏不由自主地露出了感激的微笑，思考了一下之后，他又说：“我还需要一个电话号码，英国驻巴勒莫领事馆的号码。”

叼着烟的这位一声不响地走开了。

独自一人的托马苏感到头昏眼花，那消息如五雷轰顶，让他精神疲惫、浑身无力。这时，叼着烟的这位回来了，手里拿着一张纸，递给托马苏：“这是你要的电话号码。”

托马苏马上开始打电话，他紧张地看着手表：星期一，下午五点三十分。但愿总机能接电话。

有人拿起了电话。

“联合王国领事馆吗？”托马苏用意大利语说，“我想跟鲍德温先生说话……”

32

布兰登·克西喝着杯中的牛奶，一副厌恶的神情，心想，这事真让人恼火。他很怀念刚开始在中情局工作时的情景，那时，他满怀热情地培训反卡斯特罗主义者，从内部策反共产主义。

现在呢，一切都变得那么复杂。他宽大的办公室里铺着木地板，墙上贴着黑白照片、证书和名人名言，以前是那么安静、那么隐蔽，现在真的没有意思了。这可恶的恐怖主义，对炸药、定时炸弹和人肉炸弹的狂热，正是这些东西玷污了这个职业，破坏了人与人之间的关系。是的，现在喜欢搞爆炸、打网络战，没有威士忌了。

一切都变了，从他开始。他低头看看自己这双昔日有力灵敏、如今却因臃肿而变得丑陋不堪的手。他叹了一口气，轻轻地用巴掌拍了拍自己的脸。他肚皮和下巴也不知不觉地肥大起来，只有那双黑色的眼睛没有变，但也开始让人捉摸不透了。

"我很讨厌华盛顿这座污秽肮脏的城市。"他咕哝道。

打印的文件整齐地摆在办公桌上，分门别类地夹在蓝色的卷宗里，上面有中情局标记，并盖有表明机密等级的印章。他一边叹息，一边翻阅。香榭丽舍大街和埃菲尔铁塔的画面重叠着出现在他眼前，他因工多次去巴黎出差，还有一次是度假——夏日欧洲游。

世事多变，从联合国安理会席位的分配到欧盟（许多国家在继续提出申请）的削弱，新的主张不断出现。在欧洲，如同在其他地方一样，冷战时期的两极布局被打破了。他隐约感到什么东西很碍事。是几年前从哈佛大学毕业的彼得·格里姆斯利？那个年轻的信息专家看起来像是大一学生，但是个冷血者。

“好了，好了，老头，”他低声地自言自语，想恢复自信，“那小子并非……再说，有什么意思？”

他懒洋洋地把照片也摊开来，先是波旁宫，然后是被破坏的英国议会。

他叹息一声，任手中的那张照片滑到桌边，掉到地上。不一会儿，他站了起来，在窗前站了很久。窗外就是花园，鲜花开得正盛。

上次，格里姆斯利都对他说了些什么？哦，对了，迦太基在战火中停止抵抗的那天，西皮翁流泪了。“您知道他为什么哭吗，先生？”那个戴眼镜的小个子，瘦得像火柴棒，“没有一种说法令人信服。历史的秘密。”

内线电话把他拽回到现实中，布兰登·克西拿起电话。

“总统顾问已进大楼，先生，”女秘书说，“其他人已在会议室里等。”

“好的，我马上就到。”

他拿起卷宗，朝电梯走去。会议室设在中情局首都总部的地下，这是该组织不好的习惯之一。头顶亮着日光灯，水泥墙上挂着电视机和电话，一张椭圆形桌子，八张舒服的皮椅与室内严肃的布置很不协调。克西讨厌这种布局，表面上好像是防原子弹，却让会议变了味，好像成了战争委员会在开会。对眼下的这件事，他毫无兴趣。

他进去时，总统的安全顾问贾森·塔夫脱已经落座。塔夫脱肩宽体阔，壮得像运动员，皮肤晒成令人羡慕的古铜色，在照片上即使站在第二排也让人一眼就看出来了。见到克西，塔夫脱不再神经质地摆弄铅笔，格里姆斯利则将面前的文件又理了一遍。克西向大家打了个招呼，并向总统顾问略表歉意，他有些不情愿，心情瞬间变得很差。

贾森·塔夫脱没拿正眼看他，好像想以此来表明谁是会议的主角。

“今天，我是专门来听大家的意见的，看看有什么资料能帮助我们更好地了解事态的发展。”

格里姆斯利紧了紧深蓝色的领带，并让白衬衣的衣袖垂直地落下来，然后捋了捋落在额头上的一绺栗色头发。看起来，他就像个迟钝的学生。

顾问接着说：“我们不能忽视与盟国的关系，现在已不是冷战时期。我不知道是谁在搞小动作，竟然会发生这样的事情，而我们却毫不知情，这是不能容忍的。”他抓起别人小心翼翼放在他面前的文件，“啪”的一下扔在桌上。

这时，格里姆斯利站起来：“诸位，请允许我说几句。约两千五百年前，在希腊，有个叫西奥多·德·福西亚的人……”

又来了，他又要给我们上大课了……克西边心想。

“……他的著作，我们现在只能读到只言片语，我们对他的认识主要来自毕达哥拉斯。是的，毕达哥拉斯继承了西奥多的思想，系统地把它们运用到实践中，尤其是建筑实践中，所以，我们可以说，他的劳动成果并没有付诸东流。”

“什么意思?”顾问有些不解。

“我的意思是说，毕达哥拉斯综合了印度、中东主要是埃及的古代知识，而我们只掌握了他的一小部分研究成果……这就有点像我们想学会下棋，却只有一个棋盘，既没有棋子，也不懂规则。”

顾问说：“请回答我，这与我们的盟国发生的爆炸事件有什么关系?”

“是这样，先生，问题在于我们没有完全掌握他的研究成果。我们完全有理由相信，他的‘革命性’在于，对始终在建筑领域里占统治地位的数学和几何概念提出了质疑。大家都知道，建筑会对人类产生神奇的影响，让大家迷恋某个地方；同样，大家也知道，关于但丁的地狱和克诺索斯的迷宫，解释和注释多如牛毛。至于耶路撒冷圣殿、伊甸园和对通鬼神魔法的研究所引起的影响我就不说了……”

克西擦了擦额头上渗出的汗珠，心想这家伙真要命。

“所有这些神奇的东西，都有一个共同点，那就是和我们在现实中所使用的几何原理相抵触。”

“格里姆斯利先生，”顾问不客气地打断他，“事实上，我从来没有把圆桌骑士的传说当做是真的。你是否在证明我错了呢？如果是这样，我提醒你必须拿出有力的证据。”

“例子有的是，先生，不过，这也可以被视为一种偶然，因为我们缺少解答这个问题所必须的研究成果。我想请您再关注一个理论问题，”看到顾问有些不耐烦，他连忙补充道，“其实，我们都根据视觉提供的信息进行美学分析，再对建筑物进行评判。大家都是这样推理的，所以，对我们来说，建筑的艺术，就是让建筑物明白易懂，符合既定用途。这一原则，我们从未有过怀疑。对建筑科学的研究就是建立在这一基础之上的，现在广泛应用的电脑设计也是如此。正是根据这种思路，人们试图用方程式来反映建筑物对人造成的美感。我刚才提到的神话一直是以这种方式重建的。但我们在这方面犯了大错，看拼图必须退到一定的距离。我们要颠覆基本公式，建立更大胆的科学。要知道，建筑物的建造和布局，会直接影响人类的行为……”

沉浸在演说中的格里姆斯利显得十分得意。

克西看了一眼塔夫脱，手心直冒汗。

“如果你说的这些都是对的，”塔夫脱打断他，“那是一种神奇的力量，它会使我们变得更强大；而一旦落入他人手中，对美国的繁荣则可能是毁灭性的。”说完，他转身问克西：“副主任先生，对于这些推断……您怎么看？”

布兰登·克西要咬了咬嘴唇。

“顾问先生，半个世纪以来，我们一直在资助天外来客和心灵感应方面的研究，并且取得了很大的成功。所以，我原则上不反对任何进入人类活动范围内的……”

“八个月前，我也不相信这些规则的存在，”格里姆斯利又说，“但有人从巴黎通过伯克利的网址直接与我们接触，给我们提供了令人信服的证据。但是出于某种原因，此人迟迟不露面。主要是害怕，好像担心某种威胁，他求助于我们也是一种自我保护的方式。威胁可能确实存在，因为几天前他在巴黎被人干掉了。他之所以招至杀身之祸，也许是因为他成功地重建了那些著名法则。那些人把他除掉了，这说明他说的是真的。那些人，很可能是一些对权力机构的建筑不满的人，这很符合逻辑。因为，以建筑物为主要目标的袭击并不多见……”

“那些人是谁?”塔夫脱问。

“还不知道。可能是某个政府、某个团体、某个恐怖组织……八个多月以来，我们一直在通过信息专家和互联网，密切监视有关这个课题的数据库和世界范围内的相关研究，这方面的活动好像很频繁，研究员、大学生、影子公司都在参与。在欧洲，很多人为此明争暗斗，不少迹象表明，有人非常敏感，担心信息会扩散出去。这当然是一些推断，但既然已经发生了谋杀，出现了有组织的破坏活动，肯定有人下了很大的赌注。策划这些行动的主谋，其实在冒很大的危险，他们在消灭痕迹的同时，也增加了暴露自身的机会。”

“这方面没什么证据……”

“跟我们接触的人没有把他掌握的秘密告诉给我们，但给我们指出了方向。今天的欧洲，正处于变革的关键阶段。一个和谐的整体正在构建，有关方面的人士想渗透其中，左右欧盟新的政治机构。”

这时，克西插嘴说：“我们现在有两条线索：一个英格兰考古学家似乎与我们的巴黎线人之死有关，法国方面已对其展开调查；死者在被杀之前跟我们提到欧盟委员会未来的新大楼，我们正在对中标公司进行调查。”

“你们有什么建议?”

“情况紧急，调查起来错综复杂，”格里姆斯利说，“鉴于这种情况，如果您不反对的话，我就直捣蚁窝。”

顾问摘下眼镜，撅了撅嘴，表示怀疑：“先生们，此事很敏感，让人不安，可我不太喜欢盲人摸象。对盟国的政治事务指手画脚，我想他们不会太高兴。而且，我们并不清楚谁是这场游戏中的幕后策划者。我们不能与法国人、英国人或德国人合作，也不能在不知道此事发展方向的情况下破坏欧盟的团结。对了，你刚才说‘直捣蚁窝’是什么意思?”

“骚扰他们，先生，以其人之道还治其人之身，也就是说，采取一切手段，让他们也难受难受。”

“你考虑过没有我们在此事中要冒什么风险吗?”塔夫脱问，“假如惹一身麻烦，那就进退两难了。我在这里明确一下：我要一份关于这些情况的综合材料，一份你们的行动报告。我想，这不需要花太长的时间吧?”他的脸色有些阴沉。

33

暴雨中，透过雨水流淌的舷窗，托马苏看到了西西里海岸和飞机跑道，跑道的两边都是高山，海边尽是悬崖峭壁。

飞机在雨中又摇摇晃晃地飞了十几分钟后，终于落地。托马苏想，半天当中，他这已经是第三次着陆：布加勒斯特—法兰克福—巴勒莫。不寻常的旅程。他的护照放在衬衣的口袋里，这是一本红皮护照，而不是他以前用的印有王冠狮子的蓝皮护照。他现在成了百分之百的意大利人，名叫乔科莫·蓬特。得知马蒂尔德被绑架的消息后不到二十四小时，护照便送到了山中的城堡。他一整夜都心焦如焚，无法入睡。护照是曾在墓地接他的司机送来的，还给了他几张信用卡。接下去就比较顺利了，他搭出租车前往布加勒斯特，当晚便上了飞机，他选择在法兰克福经停，转机途中，他在机场商务中心核实了以蓬特的名字开的账户。他们没有骗他，他有足够的资金开工了。

他闭上双眼，耳边仿佛又响起了他次日给伊莎贝尔打电话时她变调的声音，她竭力忍着，不让自己哭出来。刚挂上电话，他又想再打，想再听到她的声音，安慰她，让她平静下来。

听到女儿被绑架消息时，托马苏出了一身冷汗，浑身冰凉，一直凉到现在，女儿的模样在脑海里挥之不去。他焦急得想吐，女儿的失踪好像直接伤害了他的身体。他和伊莎贝尔之间的所有猜忌、不解、怨恨、沉默和隐衷，都在这场意外中烟消云散，“没有比意想不到地突然失去自己最亲近的人更可悲的事了……”他回想起埋葬父母那天，爷爷紧紧地抱住他的肩。那时他还太小，不理解老人家茫然的目光。

当飞机再次转弯，对准跑道准备降落时，邻座一个六十多岁的意大利妇女，是去德国探望儿孙的，回到自己的城市，她感到非常开心，头碰到了他的肩膀。

这时，耳边响起了空姐的声音："对不起，先生，请您收起面前的小桌板好吗？"

他连忙道歉，匆匆收起小桌板。

三分钟后，飞机的轮子轻轻地触碰到了正遭受暴风雨袭击的跑道。

托马苏是最先下飞机的几个乘客之一，他急急地向出租车跑去，差点儿碰倒一个同样匆忙的商人，对方用意大利语骂了一句粗话，还抓住他的胳膊，但看到他威严的目光，对方又松了手。雨很大，尽管等的时间不长，但当他钻进白色的出租车时，身上已经湿透。

"去英国领事馆。"他用意大利语对司机说。

司机从后视镜中看了一眼托马苏，点点头，没等托马苏把详细地址告诉他，车就开动了。

*

托马苏盯着前方，两手紧紧抓住出租车前座的椅背。他急死了，恨不得自己去开车，在车龙中闯出一条路，因为通往英领馆的路被堵得严严实实。

又等了五分钟。汽车喇叭越来越响，几乎盖过了雷声。暴风雨从一座山扑向另一座山，似乎想逃离位于盆地中间的这座城市，但没能成功。托马苏扭头看见闪着警灯的警车也被困在车流里，便当机立断，跟司机道了声歉，塞给他一张大面额钞票，然后毅然打开车门，下车步行。

暴雨很快淋湿了他的外衣，他满头雨水，脖子和胸前也湿了。他用衣袖擦了擦脸，勇敢地往前走；但走了二十来米，又不得不停下来，因为伤腿遇水，钻心的疼。他靠在路边歇了一会儿，回头看看车流，一点没动，心想自己的决定还是对的。他脱下上衣，深深吸了口气，然后咬紧牙关，在刺耳的喇叭声和司机的叫骂声中埋头前进。

*

杰里米·鲍德温望着夜色中的巴勒莫。尽管下着暴雨，市中心还是像往常一样，慢慢地喧闹起来。但他对这地方总喜欢不起来，远不如在西西里首府当副领事时开心。

他今年六十七岁了，知道不可能老是延长自己的外交生涯。他的职业道路并不是太平坦，某些上司和同僚不喜欢他，影响了他的晋升，但他并不觉得遗憾，反而有种自豪感。只是想到要退休，他的心情才会变得有些糟。他是个鳏夫，孩子们都不在身边—— 一个在阿根廷，另一个在澳大利亚。

电话铃响了，他不得不离开露台，回到办公室。值班室报告说，来了一个名叫乔科莫·蓬特的客人。他叹了口气，说请客人上来。

他迟疑了一下，不知道是不是该穿外套，最后还是没穿，只是下意识地正了正领带。他在镜前照了照自己：脸色苍白，头发也白了，尽管精心梳理，但稀稀疏疏，秃顶很明显。

门开了，女秘书把客人领了进来，托马苏的腿一瘸一瘸的。

杰里米·鲍德温试图把眼前这张疲惫而瘦削的脸与他认识的托马苏联系起来。托马苏小时他就认识，他曾与托马苏一家在意大利度假，托马苏的父母去世后，他还见过托马苏两三次，但托马苏的爷爷疑心很重，能让他想起儿子的任何事情，老人家都很警觉。后来，他们慢慢地失去了联系，有时在晚会上碰到，远远打个招呼；或在圣诞节前寄张明信片，写几句祝贺的话。不过，杰里米参加了托马苏的婚礼。他们最后一次见面已是十年前了，当时托马苏辞去了正式工作，杰里米感到很不解，但见他有主见，坚持自己的爱好，又感到很高兴。

门关上后，杰里米清了清嗓子，用讽刺的语调问："你就这样持假护照旅行?”

托马苏没有回答，而是走到落地窗前，朝外面看了看。

“女王陛下又送大礼了……”

“别讽刺女王陛下，蓬特先生。”杰里米低声说。

托马苏没有转身：“我是意大利-苏格兰人。”

*

夜幕很快就降临到了巴勒莫。两人在露台喝酒聊天，桌上只剩下两杯咖啡、两瓶半满的红酒和一个空酒瓶。杰里米默默地看着托马苏，心想这小伙子突然来访，并用巴勒莫的临时号码打来电话，肯定有要紧的事情，但他远远没有想到……

“杰里米，他们绑架了我的女儿……”

托马苏讲着讲着，情绪终于失控了。

杰里米用怀疑的目光打量着托马苏：“你有证据证明是中情局干的?”

“当然。”

杰里米从餐桌上的小木盒里取出一支雪茄，点着，一抬头，看见托马苏手里晃着一个穿着链条的金属牌，他惊呆了。

“死在耶路撒冷的那个中情局特工的。”托马苏把牌子扔给他。

杰里米一把接住。

“这我也有。”

托马苏又递给他一个信封，杰里米打开，里面有十来页传真和打印出来的电子邮件。

托马苏说：“这是我逃出来的时候拿到的。”

杰里米掐掉雪茄头，翻了翻资料，没有说话。然后用手揉搓着雪茄并塞到嘴里，重新点着。托马苏看着他：“古巴雪茄，罗密欧与朱丽叶，丘吉尔……你的爱好没有变。”

杰里米得意地看着烧红的烟丝，然后抬起头。托马苏气呼呼的，太阳穴的青筋跳动，表情很奇特。“我也有过这样的时候。”他想起了托马苏的父亲。同样的目光，同样的性情，同样热血沸腾。

“具体说吧，要我干什么？”

“我想请你帮忙，你在美国特工部门有可靠的关系。我想知道他们想干什么，对这上面提到的事情又都知道些什么，”他指着放在杰里米面前的资料，“尤其是坦尼特行动，我需要让这一行动停下来。”

他下意识地攥紧双拳，突然猛地一拍桌子，震得桌子直摇晃。

“替我告诉他们，假如他们不把女儿还给我，我会跟他们没完！”

“托马苏，托马苏……”

“杰里米，马蒂尔德失踪了！”托马苏一字一顿地说，“你要我怎么冷静得下来？”

他的眼睛布满血丝，人好像也在发烧。

“我甚至都不能报警，因为警察正在找我。杰里米，我女儿才五岁！”

杰里米站起来，走到托马苏身边，抓住他的胳膊：“我会找他们的。”

“把我惹急了，我什么事都干得出来。”托马苏说。

杰里米笑了笑：“别说傻话。”说着，他走到栏杆边，凝视着灯光闪烁的城市和回港船只摇曳的灯火，深深地吸了一口雪茄，用力吐出，然后看青烟袅袅升起，消失在漆黑的夜空。

“起风了，”他转过身，“明天好像要变天。我们进屋吧！我去给我的朋友布兰登·克西打电话，然后我们再喝一杯。你一定要和我下一盘棋，也许还得让我赢一局……”

托马苏激动地走到他身边：“谢谢，杰里米。”

杰里米摇了摇夹着雪茄的手，表示这没有什么。

*

托马苏坐在铺着绿绒布的长凳上，听见杰里米回来的脚步声，马上站起来，问：“他们怎么说？”

杰里米撅撅嘴，一副怀疑的样子：“他们说他们根本没插手，跟以色列警察和你的绑架案都没有关系。当然，他们总是这么说，但我相信克西。如果他说他认为坦尼特不存在，那是因为他确实不知道。关于袭击事件，他保证他们没有或者说还没有查清。他们奉命观察但不采取行动，通过某渠道收集情报，仅此而已。当然，这些事情让他们很不安……”

托马苏在宽敞的屋子里走来走去：“某渠道？什么渠道？”

“我不知道，我也不肯定他们是否知道得很清楚。联络都是匿名的，钱都打在一个账号上……我不相信美国人会正式介入其中，他们正在调查。如果这是官方行为，知道自己被盯上了还我行我素，这不符合他们的风格。眼下，寻找马蒂尔德的最有效的办法……”

托马苏发疯似的盯住他：“去哪找她？我傻傻地待在这里，待在巴勒莫市中心，而她却不知道消失在什么地方。现在，我甚至都无法踏上法国的领土……”

他歇斯底里，声音都嘶哑了。

杰里米停了一会儿，说：“听着！重要的是抓紧时间。绑架马蒂尔德的人，不管是不是中情局的，都想得到沉船中的东西。如果他们同意谈判，你必须有重要的筹码。你只有拥有他们想得到的东西，才能掌握主动。”

说着，他抓住托马苏的胳膊：“赶快行动吧！最重要的，是把他们要找的东西拿到手，不管是什么东西！只有这样，你才能找回马蒂尔德。”

托马苏盯着杰里米的眼睛，声音突然平静下来：“你说得对。”

34

窗外的花园里，鸟儿已不再吵闹，只有远处大街上经过的汽车打破夜间的寂静。

布兰登·克西把记事本放在桌上，合上盖着印戳、表明里面的文件属高度机密的档案袋。他仰靠在椅子上，双目紧闭，摸着额头，捋着头发，心想，也许自己年龄太大了，不能再从事这一职业了。他很难不向鲍德温透露消息，不是因为他们有几十年的交情，而是他对这项工作有点厌倦了，这种情绪像偏头痛一样折磨着他。

一切都写在上面，白纸黑字。某部门采取了秘密行动，既没有通知上级，也无视局里的有关规定。现在，送出这份文件……这等于是打自己的脸。

“让上司知道自己无能，这可不是好玩儿的。”他自言自语地说。

他从桌上拿了一份更厚的材料，这份紫色封面的卷宗，是情报总局的调查资料。他翻开来，一一看着里面的照片，情景十分可怕，几栋世界著名建筑变成了废墟。

克西叹了一口气，按了一下内部电铃，让女秘书进来：“你把要送给塔夫脱先生的资料拿来给我看看。”犹豫了一下，他又吩咐：“再给我来一杯双份的浓缩咖啡。”

秘书应声出去了，这并没有让他心里宽慰一些。这种“偏头痛”可不是一杯浓咖啡就能对付得了的。

35

“沉船会不会在海底漂移了呢？或者解体了？”

托马苏和安托万穿着T恤衫和军短裤，坐在驾驶舱的一张小桌前，根据他们所拥有的关于残船的资料和首次预潜所获得的东西，对各种假设进行分析。

托马苏抬起头，看着窗外。突尼斯船员正在准备潜水设备，调试自动摄影器材和桔黄色小潜水器。潜水器挂在右舷的吊车上，能够装载两个人。酷热令人窒息，甲板和青绿色的海面上热浪滚滚。

时间紧张，作业现场太热，意外不断发生，到处都让人担心，但重返自己所热爱的岗位，托马斯还是很享受，正如六天前看到租来的船只到来时那样。他看不懂船名，但安托万说，可以译作“悬崖边的天鹅”。船身结实坚固、结构简单，但电子仪器和科研设备却很先进，让他一见钟情。船员们都很卖力，因为安托万许诺干得好给奖金，同时也因为对他们来说，再次找到工作不容易。几个考古单位之间不知道为什么发生了冲突，亚历山大海湾的一个发掘工地已经停工了几个月。

安托万偷偷地观察着托马苏。每过一段时间，托马苏就会走神，看得出，他心里很焦虑。

安托万指着地图说：“但愿坐标是对的，否则，再过二百米，就会碰上海沟，会加深二三百米。”

托马苏点点头。那条海沟是悬在他们头顶的第一把达摩克利斯之剑。加西厄是历史学家而不是科学家，他成功地确定了沉船的位置，却忽视了海底激流和附近海凹所形成的吸力。

“若不是亲眼所见，就不能完全肯定沉船一定是在那里，不再移动。不管怎么说，我们有小潜水器‘环礁湖’。问题是我们不知道寻找什么。加西厄成功地找到了散落各地的资料，印证了船只航行的路线、所遇到的灾难和最终沉没的地点，但他没有说明船上装的究竟是什么东西。”

安托万站起来，拿起放在角落里的保温瓶倒咖啡。

“你也来一杯？喝点吧？好咖啡。”

托马苏笑了：“不了，谢谢。你怎么还喝得下去，驾驶室里已经热得像蒸笼了。”

灼热的阳光已经晒进舱内，海风吹得人嗓子发干。

托马苏拿起一张纸：“港口海关的资料填写得非常简单，因为这只是一次常规旅行，一些为收藏家服务的商人，打着官方研究的旗号走私文物。”

安托万从托马苏肩头上方俯身看着清单：“所以他们从来就没有好好找过，是吗？”

“是的。我认为谁也没有真正确定过沉船的位置。”托马苏转身看着朋友，嘴边露出一丝微笑，仿佛领悟到了什么。

“你说得对，所以我才没有怀疑官方。我一直天真地以为大学教授和商人不会是同一个阵营的。”

安托万轻轻地拍了拍他的头。

“受惩罚的总是老实人……”

*

六天前，他们在迦太基重逢时，托马苏那副狼狈的样子让安托万大为震惊。遭遇囚禁已使他疲惫不堪，马蒂尔德的失踪更是雪上加霜；之后的几天，托马苏不断地通过各种渠道打听消息，吃不香、睡不安，总是看手机，天天盼伊莎贝尔来电话。直到上了船，他才像打了激素一样，重新振作起来，好像全身心地去寻找一个明确的目标，让他吸入了一口新鲜空气。

这会儿，他低头看着海图，问："微机辅助设备准备好了吗？"

安托万点点头。

"图像质量如何？"

安托万撇了撇嘴："从今天上午进行的测试看，不尽如人意，但一有可能，我就再次下潜，拍摄海底状况，然后开始制作模型。这样，我们对海底结构就能了解得更清楚，从而决定是否直接在那里寻找，或者再往海沟方向前进一点，看看海底斜坡是否有平坦的地方，也许会有什么东西会落在那里。"

托马苏点了点头。

"好，不过，别潜得太深了。你不比我棒多少，尤其是海沟，千万不能开玩笑。下潜之前一定要告诉我！"

安托万笑着用粗壮的大手仔细把地图叠好。

*

托马苏艰难地睁开一只眼睛。他睡得太沉了，好像手脚都无法动弹。他看见安托万在头顶晃动，却听不见他说了些什么；而自己也无法开口，于是又闭上眼睛、屏住气，试图摆脱这种麻痹状态，否则他又会马上睡过去。

"出什么事了？"他终于说出话了，口齿有些不清。

他在狭小的船舱里直起身子。螺旋形的船舱，下宽上窄，只有一张带栏杆的小床，床底下有两个储物箱，还有一张折叠桌和一个盥洗盆。

安托万在他眼前挥动着一沓纸："有好东西。"说着，他在床上坐下来："瞧，这是在沉船内拍摄的第一批照片，刚洗印出来。"

托马苏睁大眼睛，想集中精神。

"这是……"

"我们至少拍到了船里一半的货物。这是小雕像和花瓶，靠在边上的是石碑，其他东西可能滚到远一些的地方去了，甚至掉入了海沟。海沟比我们想的要近些。我匆匆扫了一眼，斜坡上连续有几个平台……"

他粗大的手指在托马苏面前晃来晃去，托马苏拿起照片，往后移了几厘米，仔细看了好一会儿，然后掀掉盖在身上的毯子说："走！"

*

潜水器在深蓝色的海水中保持速度，慢慢下沉。安托万熟练地操作仪器，尽量控制自己的动作幅度，因为里面的空间实在是太窄了。他两眼盯着声纳，判断着周围的环境。

"看清楚啊！"托马苏小声地说。

潜水器转了一百八十度，继续缓慢下沉。

"再潜十米就停下，不要再潜了。"

托马苏轮番检查雷达荧屏和潜水器两侧的灯光，灯光艰难地穿越海底深处漆黑的水雾。

突然，他激动起来，身体前倾，睁大双眼。黑暗中，慢慢地出现了一大团黑色的东西。

在离潜水器不到二十米的地方出现了沉船，船身布满沉积物，半陷在泥沙之中，已被侵蚀得满目疮痍。潜水器圆形的有机玻璃上装着探照灯，当托马苏把光束对准目标时，安托万尽量稳住潜水器不动。由于水的密度太大，灯光照不远，只能看见一米五以内的地方。托马苏觉得自己就像拿着一只手电筒，在房间里走来走去。他想起小时候，常常在夜里做梦，来到"蓝胡子"家里，慢慢地用火炬照着房间，发现了许多可怕的影子，有魔鬼，也有受害者，穿着红色、绿色和黄色的裙子，似乎能飞离地面……

托马苏很快就回到了现实中，对安托万说："我们试着从右侧沿船体前进。从图纸上看，进货口在右舷舷缘一米处，两条桅杆之间，烟道左面。"

安托万伸出拇指，表示赞同。

他们继续前行，光束照亮了生锈的金属，船身有些地方鼓了起来，有些地方有破洞，其中一部分可能是失事时造成的。

"妈的，船断成了两截。"安托万突然发现。

“我们从上面过去，但要小心桅杆，下面可能还有一截，别碰上了。”

潜水器上升了几米，托马苏把探照灯对着下面的甲板：“我看见入口了。放慢速度，舱盖没了。我们进去看看，裂缝在后面，里面肯定还有一些货物。这就要看裂缝是底部撞击还是前部撞击时造成的了，运气好的话，掉出来的东西也许分布面并不太大。”

“也有可能掉到海沟里了。即使沉船是被震断的，也有可能部分掉到了海沟里。”

托马苏心想，船没有侧翻，这已经很幸运了，他问安托万：“我们准备从海沟上方通过吗？”

安托万点点头。

半明半暗中，他们看不清眼前的物体，只能慢慢前行，两人都盯着雷达，并不时地透过有机玻璃窗察看四周。

“看到海沟了。”安托万激动地大喊一声。

托马苏把灯光转过去，果然，下面隐约出现海沟的边缘，深灰色的，周围蠕动着生物，后面一团漆黑。

“应该有一二百米宽吧？”安托万低声说。

他的口气好像不太肯定。海沟漆黑一片，人进去就成了瞎子，没有任何参照物可供判断距离和方向。

“能再降一点吗？”托马苏问。

安托万斜了斜舵，又下潜了十米。

探照灯已经不起任何作用了，托马苏有些担心。潜水器又下了一层平台，继续往前。

托马苏一动不动地盯着漆黑的前方。

“是否再下去看看？”安托万说，“既然都已经到了这里，干脆……”

托马苏低头看了看摊放在膝盖上的海图，没有回答。

*

托马苏推开舱口盖板，贪婪地吸了一口新鲜空气，钻出闷热得令人窒息的潜艇器，他觉得外面太凉爽了。

一名船员递来一条毛巾，他接过来，脱下湿透了的T恤衫，擦干身上的汗水。这时，安托万扭动着粗壮的身体，也从里面爬出来，托马苏看到他那副滑稽的样子，忍不住笑了起来，把毛巾扔到他头上："不能再吃了，胖子！"

安托万低声回敬了他一句，他懒得弄清安托万究竟骂了句什么，便朝控制台走去。

突然，空中响了雷鸣般的"轰隆"声。

"快来看雷达！"一个船员从驾驶室里跑出来，大喊。

托马苏跑进驾驶室。

"两架超音速……"

说话间，天边出现了两个黑点，轰鸣声越来越响，船员的话瞬间被巨大的响声淹没。

安托万终于从潜水艇里爬出来，他也惊呆了，看着天空，试图找到发出轰鸣声的地方。托马苏拿起值班员递过来的望远镜，黑点越来越大，现在可以清晰地分辨出飞机的旋翼和尾翼："军用直升机。"

"怎么回事？"安托万在他身边轻声说。

托马苏又把望远镜对准海面，两条细细的航迹，翻着白沫，朝他们所在的船只径直而来。他呆住了。

"水雷。"身边有人叫起来。

"快离开船只！"托马苏缓过神来，大喊。

这时，一串炸弹落在他们的发掘处，两驾直升机在阳光下闪闪发亮，往左一斜，很快就消失在远方。

托马苏感到一只有力的大手抓住了他的胳膊。

"快跑！"安托万大喊。

他不想动，因为他已经意识到一切都已经太晚了。

"沉船……"

一股热浪涌进他的喉咙，窒息了他想说的话。在爆炸声和火光中，他脱离了安托万的手，被抛向空中。他觉得自己的身躯解体了，耳朵也听不见了。他想呼吸，但吸到的是滚烫的空气。他的双眼好像被一层红布蒙住，嘴里灌满了海水。就在他触及海面时，第二颗水雷又命中了目标，整个大海都燃烧起来。

36

托马苏刚睁开双眼，又马上闭上，因为光线太强。他挪动胳膊，想站起来，但没能成功，头又落到了枕头上。爆炸声似乎仍在耳边回响，他试图回忆起先前发生的事——警报、飞机……

“水雷。”他轻声说。

“更确切地说是导弹，一架海鹰直升机发射了两枚AGM-84鱼叉反舰导弹。”

有人在跟他说话，唤醒了他麻痹的大脑，他觉得这声音好熟悉。这清脆的声音……

“还有两架直升机过来拍照，对探测区的攻击是从很远的地方发动的，由激光引导，他们只发射了MK-46榴弹，这算很关照了。”

托马苏朝那个低沉的声音转过头，想再次睁开双眼，但引起了剧烈的疼痛，两边的太阳穴如针刺一般。

“别动，你还在休克当中，不过你很走运。”

托马苏问：“马蒂尔德，马蒂尔德在什么地方？”

那声音贴近他的脸：“别动，我叫你别动。”

“她在哪？安托万呢？”托马苏又问。

“关于那个小女孩，我们没有新的消息。至于你的朋友，他也很走运，就躺在你旁边。”

托马苏慢慢地分辨出一个巨大的身影，走过来坐在他身边。现在，他看得更清楚了：这个人，身体健壮，黑发，有一绺搭在额前，满脸胡子，瘦削的脸上闪烁着一双阴沉的眼睛。

托马苏看着四周。白色的墙壁，没有窗，只有一张桌子和几个薄薄的木架。好像是在医院里。

“这是什么地方？”

对方有力的大手按着他的胳膊：“别问了，以后再说。你会好起来的，但需要一些时间。你可以吹吹牛了，你被一家入会条件很严格的俱乐部吸收了，它专门帮助从美国飞机的袭击中逃脱的人。告诉你吧，两架直升机，其中一架负责掩护，从锡戈内拉的西西里基地飞了四十分钟，在现场两个来回用了一分钟，然后三十分钟返程，回到第六舰队的直升机母舰，任务就完成了。对外的说法是，这次行动的目的，是摧毁一艘驶往赫泽博拉、哈迈斯或别的什么地方的贩卖武器的船只。理由多得很，几乎可以说是常规任务。谁都不会去那个角落，加上你们又是单独作业，人们在很长时间内都不会发现有一艘船昨天被击沉了。我想，在美国人看来，你的问题已经解决了。”

托马苏坐起来，但又倒在白色的铁床上，痛得脸都扭曲了。

“可你们是怎么……”

“怎么会在那里的？这么说吧，我们也在监视你们的行动，离得相当近，所以能及时把你和你的朋友救起来。至于船上的其他人，我们就没办法了，船员和船都葬身海底了，半分钟之内的事。你们能死里逃生，是因为你们在甲板上，避过了弹着点。”

“可他们怎么没有看见你的船呢？”

对方笑着站起来：“好好休息吧！我过一会儿再来看你。”

他的身影突然在托马苏眼中模糊起来，然后又变得清晰了。他走到门口，回过头来。

“至于你的最后一个问题，谁说那是一艘船？”

*

“难道是潜艇？”

托马苏圆睁大眼，看着对方。他不知道离上次来访又过去了多长时间，他一定是睡着了，一点印象都没有，只知道自己醒来过。

“对，是潜艇。”黑胡子的男人又来了，坐在他身边。

光看四周的装饰，谁也想不到会是在潜艇里。只有发动机单调而沉闷的声音表明脚底下在动。

那人站起来，用手拍拍床对面的隔板，听得出是金属的回声。

“现代世界充满了资源，充满了各种可能性和未被开发的技术，它们能赋予废弃物以新的生命。按照苏联的裁军协议，这艘潜艇六年前就被正式销毁了，其实呢，只是暂时拆卸武器，随后又被重新装备起来。”

托马苏心想，自己不会是在做梦吧？

“你是什么人？”

“我的身份多得连我自己都搞不清楚。这样吧，你可以用你喜欢的名字来称呼我。比如说，梅莫。你知道儒勒·凡尔纳吧？知道《海底两万里》吧？这名字不错，是吗？只是，我不炸船，只拯救遇难船只上的人……说正经的，就叫我亚德里安吧！这不是我的名字，但在英语中，这最接近我的真名。我的名字用你的语言是说不出来的。”

他又在托马苏身边坐下：“既然你对我们之间的漫长的故事一无所知，我就试着来填补这个空白吧！我既不代表财团，也不是情报部门的人，我跟他们没有一点关系，我只是对我们所生活的这个世界持悲观态度的一个人。我是悲观主义者，但也是现实主义者，因为我的世界观建立在我所了解而世界其他人包括统治我们的那些大人物所见不到的事情之上。这些事情，你们接近过，却没有认识到它们的本质。”

“坦尼特？”

“一点没错。关于坦尼特，你都知道些什么？”

“它是一种标记，我知道它在迦太基帝国之前就存在了，我也在耶路撒冷见过……”

对方赞许地露出了微笑。

“我知道它出现在纽约、莫斯科、布鲁塞尔，觉得它应该也会在其他城市出现——罗马、巴黎，我还知道它与最近几周欧洲发生的恐怖事件有关。它有点像石匠的标志，但意义要丰富得多，它不仅表明建筑物中的衔接点、共振点……”

听到加西厄说过的话从自己嘴里说出来，托马苏觉得很奇怪，于是马上止住了话头，但犹豫片刻之后，他还是说出了戈维茨跟他说过的话。

“……也表明，刻着这个标记的地方能产生巨大的影响。可这里面掩藏着什么秘密呢?”他似乎在自言自语。

对方饶有兴致地看着他。

“你说得对，坦尼特是一种制造标记。对现在借助电脑软件来搞设计的人来说，这种标记所遵循的规则太古老了，甚至有些荒唐。”

他停了一下，接着说：“要知道，几千年前，人们还认为人类只是世间的一粒尘埃，微不足道，所以，觉得我们小小的自由和同样小的意志都受外界的局限是很自然的事。不过，自然界的某些影响，也可以通过人的建造艺术进行仿制和聚合。它遵循一定的规则，但不是数学规则，而是和谐规则。这些规则被记录了下来，由某些博学者教给学建筑的人，先是在中国、埃及、美索不达米亚，进而传到近东、希腊等地，直至迦太基。主要是给那些懂建筑的人提供便利，让他们发挥自己的特长，远离希腊人所谓的‘虎壁利’，即极端的、冲动的诱惑和影响，这些东西容易引起误解和战争。”

托马苏挺了挺身子，戈维茨的模样浮现在他的脑海里，他想，那个老教授是对的，弄懂了加西厄提出的神秘问题。

“这绝不是搞阴谋，”亚德里安继续说，“也不是夺权，而是一件我们今天无法想象的事情：依靠精通某门技术的人才，让自然为众人和城邦服务；让大家推选出来、带领众人往前走的人明智地行使权力。这些法则规定了什么时候公布政治信息，才能更好地被人们所了解、理解和信服；它们表明了人与人之间的距离、空间的布局……这些规则大部分已经失传，只有一小部分还在使用。”

亚德里安停了一会儿，眼睛里闪着光亮：

“你听说过风水吗？这门有三千多年历史的中国古代艺术是针灸原理在建筑学方面的运用：确定某处的能量，根据时间的流逝和宇宙中的位置来保持能量的平衡。中国人现在还在使用这一原则，只是简化了而已。看到中国人使用的指南针和他们用来计算的传统方法，你会觉得不可思议，他们把那些东西叫做“罗盘”“八卦”。有些东西，因日久天长而发生了变化，但根是一样的……”

他做了个手势。

“三角形上有个圆……”

一听到这句话，托马苏的心跳突然加快，亚德里安发现他心神不宁，便弯下腰，观察托马苏的表情。

“没事吧？要喊医生吗？”

托马苏摆摆手：“你的意思是说……”

“那些地方蕴藏着巨大的能量，而我们只把它们看做是历史的遗迹。我们不知道，几个世纪以来，它们影响并决定了一个民族、一个国家的命运，有时甚至改变了……”

“这太荒唐了！”托马苏几乎是在喊。

亚德里安冷冷地打量着他，接着说道：“你想过没有，结束1914年至1918年一次大战的和约和1940年的停战协议为什么在凡尔赛宫的镜廊里签署？为什么中国末代王朝会崩溃？因为皇宫受到了西方的影响——为了能让溥仪在宫中骑自行车，拆掉了门槛和隔墙，破坏了紫禁城固有的建筑平衡。你有没有认真想过，为什么老不稳定、政治上难以统一的巴西要择地重建首都？”

“这是一个……”托马苏的口气不是很肯定。

“象征！你想说这是个象征，对吗？象征！1933年纳粹焚烧德意志帝国国会也是象征吗？摧毁和重建耶路撒冷圣殿也是象征吗？预言家丹尼埃尔曾在巴比伦最后一位国王巴尔塔萨尔的王宫的墙上写了一些字，宣布帝国将会灭亡，这又如何解释？睁开眼睛，好好看看，托马苏！我所说的都是真的，是符合逻辑的。这与历史上屡见不鲜而你们却一味盲从的种种难以理喻、互相矛盾、毫无根据的东西毫无共同之处。”

“如果这一切都是真的，世界是否就会太平？”

“哪会呢？因为它是建立在不完整的东西之上的，许多人只拥有这门科学的部分知识，所以要取得绝对的、长期的成功是不可能的。而且，由于对它缺少认识，人们从来没有完整而充分地使用过这些规则。知道这些法则存在，并努力把自己所了解的那点知识付诸实践的人，可以限制一些邪恶的影响，仅此而已。”

说着，他盯着托马苏，问：“你有气力走几步吗？我想让你看一点东西。”

托马苏慢慢地坐起来，把脚放在地上，然后扶着亚德里安的胳膊，每个动作好像都要付出巨大的努力。站起来之后，他停了足足有一分钟，才表示可以走了。

他们走得很慢很慢，出门，穿过走廊，在狭窄的楼道里走了二十来米，来到一个木门前。亚德里安一边扶着他，一边打开房门，然后帮助他在一张椅子上坐下。这个房间布置得很用心，一切都经过计算，以最大限度地利用窄小的空间。

亚德里安从书架上拿下一个纸盒，放在桌上，小心翼翼地打开，指着一张破损的纸。

“这是罗马地图，维特鲁威曾研究过它。”

托马苏低头看着这张罗马帝国时期的地图——

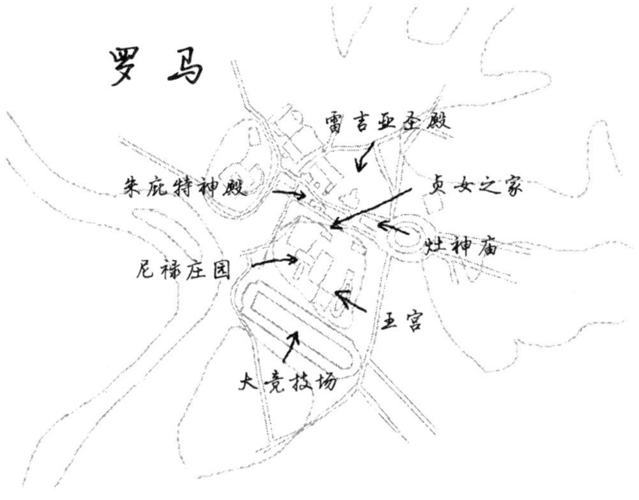

亚德里安翻了几页:

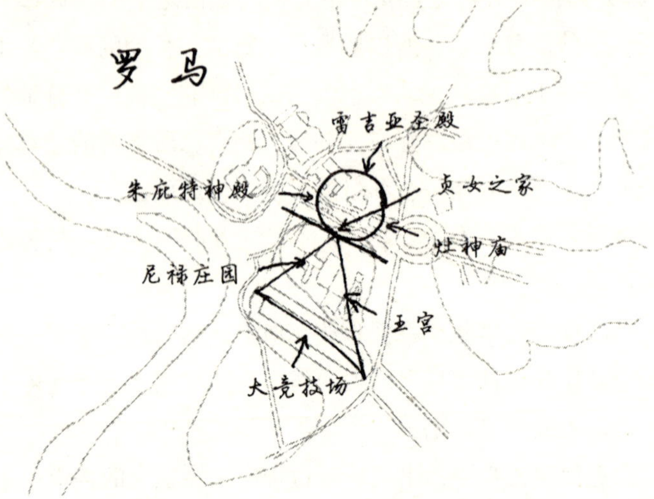

“这是没落时期的罗马，后尼禄时期的罗马。被大火烧得面目全非、几乎全部焚毁的罗马，尼禄也因此葬送了自己的政权，人民不再服从他的统治、不再尊重他。”

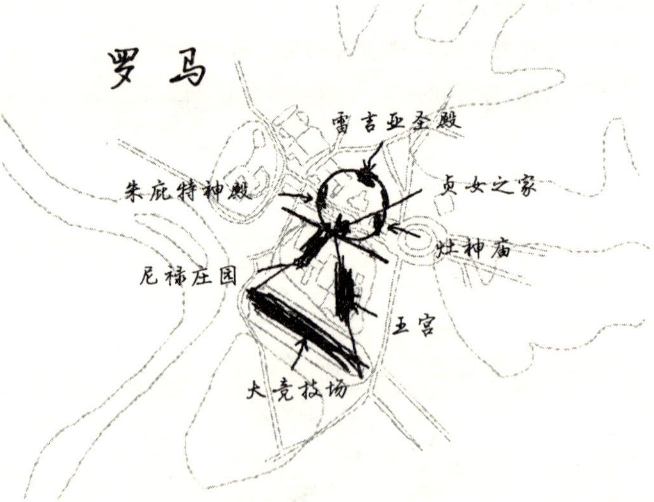

他往后退了一步，观察托马苏脸上流露出来的怀疑神情。

“想听下去吗？只有极度傲慢的人才会对这一切视而不见！你不会这样。难以置信啊，因为你所接受的教育告诉你，人是统治一切的，是他在支配着整个世界。”

托马苏脸色苍白。

“这不就是加西厄的发现吗？”他问，“不就是地图上所标的东西吗？他不是在研究某某建筑在什么程度上使用了这些规则吗？”

亚德里安恢复了平静的口吻。

“部分地使用。加西厄发现的，是这一整体的最基本的要素。有三个，前两个提供了权力中心的建筑物内部所要遵循的基本规则，首都或国家内部权力中心的布局要遵循的基本规则。说白了，这些规则，就看你遵不遵守了，它会让领导人明显地做出更令人信服的决策。”

“第三个要素呢？”

“第三个更重要，它要求人们在宇宙间的活动符合客观现实。它可以让人完成任务；可以赋予小小的迦太基神奇的本领，与强大的罗马抗衡三百年；可以让拥有并使用它的人更有威望、更加有力、更加强大。在这个阶段，掌权者如果考虑到宇宙（时间和空间）的整体平衡，考虑到天体的布局甚至受众的位置安排，他说的话便会有一种强大的说服力，谁也无法驳倒。这种力量，希腊最早的那些哲学家把它叫做‘aléthéia’，即‘找到真谛’。《福音书》第一句就反映了这种力量——‘太初有道。’希腊首批城镇都有城市广场，公民去那里集会，所以，思想教育是流动性的，一切都是相关的，由规则相连。掌握这些规则的少数人，采取直接交流的方式，在一定范围内运作。战争、历史上的恶习和帝国、王国的扩张所引起的变异——现代视听方式和信息手段就不提了——使这些规则遭到歪曲，变得面目全非，最后从人们的记忆中消失了。”

“巨石阵，”托马苏低声说，“纳斯卡地画……”

“没错，那些东西可能是对这些令人费解的现象最好的解释，但第三种要素真的失传了。前两种要素在很长时间内也丢失了，准切地说，丢失了一千五百年，从迦太基被罗马毁灭，到意大利蒙卡森修道院发现维特鲁威失踪的原稿《建筑十书》为止。一千年前，圣本笃拯救了这部手稿，他意识到了这部手稿的重要性，并清楚地知道，如果手稿落到坏人手中，将给世界带来极大的危险。他不敢销毁它，而是让它跟自己一起进了坟墓，直至被一个博学的僧侣发觉，那个僧侣竟斗胆盗了本笃会创始者的墓。”

“《建筑十书》？是本建筑简史？”

“前十本是，但一共有十一本。第十一本是实用手册，概括了前两个因素的法则，是维特鲁威在迦太基遗址进行研究所得出的成果。研究尽管没有完成，但卓有成效。加西厄所找到的，正是第十一本。在什么地方找到的，他一直不愿意告诉我。但不管怎么样，这足以使他在某些人眼中成了重要人物，而在另一些人眼中则成了危险人物。况且，他后来又逐渐弄懂了如何解读世界上许多公共建筑的建造原理。1411年之后，维特鲁威的手稿不断更换地方，先是藏在科孚岛，在那里被盗了；有人把它弄到了君士坦丁堡；后来又被带到罗马，被一些行家分散几处——巴黎、伦敦和印度。”

亚德里安的眼睛里闪着光芒。

“要知道，我就是在那个时候遇见加西厄的。我注意到他在一次国际研讨会上忍不住透露出来一些信息，尽管他说得含含糊糊。那些片言只语对局外人来说毫无意义，因为谁也想象不到会有这么怪异的事情，而我一听就明白了……”

“你那时是否知道，加西厄会对你有什么用呢？”

“首先，我相信能接触他就能控制他，其次，加西厄拥有一些我没有的东西。他不仅弄到了维特鲁威的手稿，还找到了其他许多的资料。他在突尼斯，通过另外一个渠道，找到了……”

“戈维茨，”托马苏轻声说，“斐波那契……”

亚德里安没有抬高声音。

“……一个军人的日记！”

“安贝尔中校。”

亚德里安点了点头。

“没错。那位中校有一个重大发现。和其他国家的科学家一样，罗马人后来也发掘了腓尼基，想寻找迦太基人的圣物。在最神圣的地方寻找最珍贵的东西，这是理所当然的。更何况，他们的发掘成果也在很大程度上证明他们是对的。正因为如此，维特鲁威才找到了石碑，然后把碑文翻译出来，写在第十一本书中。迦太基人的大多数东西都留在了原地，因为他们根本想不到会在这场决战中失败。他们以为自己不会败，他们认为自己拥有的知识会使自己战无不胜；但他们没想到会有人背叛，他们的统帅哈斯德鲁巴当了叛徒，他的妻子诅咒了他之后自焚身亡。他把战略要点告诉了罗马人，否则迦太基不可能被打败。在最后的围城中，迦太基人发现大势已去时，才紧急运走部分财产；所以，古迦太基最贵重的物品不应该到腓尼基供品所去寻找。

“安贝尔重走了他们的路线，发掘了他觉得藏有宝物的地方，尤其是在旧兵工厂周围。他找到了许多价值连城的物品，的确是个当商人的料，他对这些物品作了很详细的描述，所以加西厄才能在清单上发现一些怪异的标记。安贝尔看不懂那些标记，因为他没有读过维特鲁威的手稿。对他来说，那就像天书，而加西厄懂得前两个要素，可以想象出这些神秘物品是什么东西。接下去，就必须在你最近寻找的那艘船上寻找这些要素了。这些，你已经知道，因为加西厄的这部分研究，你已经了解。确定那艘沉船的位置，船上也许有能说明第三要素的财物，即维特鲁威和西皮翁在迦太基旧址徒劳地寻找的东西，它们一直沉睡在那里，直到19世纪，才有一些贪婪的商业挖掘者把它从地下挖出来，悄悄地夹在运往卢浮宫的一批东西中，结果在海难中一起沉入了海底。”

亚德里安笑了一下接着说：“有人认为古物的出现会带来灾难。确实，有些人因为对这一秘密产生兴趣而丢了性命，比如加西厄，你也差一点。”

托马苏想站起来，但马上就感到头疼欲裂、右臂剧痛——他的胳膊夹着夹板。

亚德里安按住他，不让他动。

“慢点，慢点。不过，你没有颅外伤，伤得不是太重，只是头上缝了十二针，右腕缝了八针，左肘脱臼，几根肋骨挫伤，可能断了一两根。动作放慢些，我扶你回房间。”

托马苏扶着亚德里安的手，站起来，然后迈着小步原路回到房间。

他在床上静躺了一会儿，以恢复体力。突然，他睁开眼睛，盯着亚德里安，大声问：“是谁杀了加西厄？”

37

亚德里安一脸的不快，健壮的身体马上扑过来，并举起双手，好像想勒死托马苏似的。

“又乱动，真讨厌！你要知道，欲速则不达。”

然后，他直起身，离开床边，在房间里不停地走动，看得出，他很激动。

托马苏锲而不舍：“回答我。”

亚德里安犹豫了一下，重新走到床边。

“你应该这样问：保尔·加西厄为什么死了？我的答案是：因为他太贪财。”

托马苏看了他一眼，没有说话，他想起了在奥弗涅找到的那个账本。

“保尔·加西厄意识到自己发现了什么时，我便联系了他。他同意跟我合作，我给的报酬十分可观，但他不满足。当美国人向他暗送秋波或是当他诱美国人上钩时，他以为可以让我出双倍的价。他给美国人提供了一些新的资料，以抬高价码。”亚德里安的声音严厉起来，“亲爱的马克·多内尔先生，我不喜欢别人骗我、耍我。很多年前，我就不允许这样的事情发生，并在极其艰难的环境中获得了经济上的独立，但我并未因此而成杀手。加西厄这个疯子，如果他没有把自己出卖给华盛顿现在最可怕的鹰派，他今天可能还活着。”

亚德里安沉默了一会儿，房间里的气氛似乎有些紧张。

“我试图跟他说理，想敲敲他的警钟，但他对我嗤之以鼻，自以为是天下第一。中情局的美元——或者他以为是中情局的钱——助长了他的气焰。他越来越盛气凌人，准确地说是越来越疯狂、贪得无厌、坏事做绝、丧心病狂!”

亚德里安越说越气：“所以，我们不得不除掉他，以免他把自己发现的东西交给美国人或悄悄地组织一场小规模的寻宝行动，然后抬价出售自己找到的东西——后一种可能性应该更大一些。”

托马苏的心里翻江倒海，他想起了克莱尔，她正在寻找杀父仇人；他想起自己当初说她父亲是个强盗时，她怒不可遏的样子，那时，他仅仅是凭空想象，并不知道亚德里安刚才跟他说的这些事实。他之所以遇到亚德里安，是因为他救了自己。他想，应该马上将真相告诉那个年轻女人。

“联系我，让我寻宝的就是他们?”他不是很不肯定。

“没错，后来因为加西厄死了，才取消这一计划，从而推迟了与你的联系。”

“可美国人既然准备支付费用，为什么要悄悄行动呢?”

亚德里安捋着胡子说：“这确实很怪。”

托马苏想坐起来，结果身上痛得他大叫。

“我跟你说过要量力而行。”亚德里安一边帮他重新把头靠在枕头上，一边责怪道。

“你刚才提到了中情局?什么意思?”

“我不认为这是官方行为。我有足够的理由相信，这是一次没有各级部门参与的行动，甚至与那些给中情局通风报信、提供保护而让人议论纷纷的机构也没有关系。我想，可能是某些人自作主张。”

托马苏又问：“谋杀又是怎么回事?”

“不管你信不信，这事跟我毫无关系。我的背后没有团队、缺乏支援，或者说很难有。这不是我的作风。再说，我为什么要杀鸡取卵呢?”

“什么意思?”

“二十年来，我发现了这些规则中的一部分，慢慢地观察它们在多大程度上用于世界各国，尤其是欧洲各国的政府大楼。东欧的分崩离析给我帮了大忙，我后来有幸参与了大部分政府大楼的重建或对它们产生了影响。”

“通过什么方式?”托马苏有些急不可耐。

“兄弟，实话告诉你吧！通过投标的方式，或通过各种机构参加建筑竞标，有时也悄悄地变换点手法。”

“工程……”

“是的，工程。啊，我不想让你太疲劳，只举两个例子，一个与我无关，另一个是我参与的。首先，你知道伦敦下议院有什么特征吗?”

托马苏摇摇头。

“其特征是，并非所有的议员都有位置。大楼的面积不允许，但那地方虽小，却比乱七八糟的上议院影响要大得多。战后，丘吉尔曾向上议院申请，想对大楼进行整修，但没能达到目的。第二个例子，如果有时间，可以查看一下波旁宫法国议会会议厅大门的方向，你会发现，它在几年前就作了改动，恢复了原先的方向，现在的大厅由四根立柱支撑，支柱上有人物雕像，许多人都没有发现这是要素之一。它有着重大的影响力，因为它决定了议员行走和进门的方向，尤其是在庄严的投票期间。”

“这些参数究竟会产生什么影响呢?”

“国家不同，影响也不同。除了英国，我刚才说过，那是个平稳的港湾。这些参数可以逐渐而缓慢地让政治和社会变得更加和谐，缓和敌对状态，让双方都能更好地倾听和理解对方。正在建设中的欧盟新大楼就是其中的重大项目之一，爆炸发生之前，我曾参与建设。我希望通过我的建筑理念，以我的方式来建造这座大楼，让那里更适合各方对话，让各国的交流更为通畅。”

“为什么要告诉我这些?”

“因为你已经知道了。你冒着差点儿送命的危险，前往布鲁塞尔，不正是为了证明这一点吗？此外，也因为我相信你。几个星期以来，我一直在观察你，你没有跟我的任何一个竞争对手同流合污。你有能力从事这项工作，你也明白得到那些东西才能有效地保护你的生命安全。这一切都很符合我的要求，直到海军插手。”

“袭击事件呢？究竟谁了解真相？”

“了解的人很少，我告诉你吧！我、加西厄还有美国人，如果加西厄告诉了他们。阻碍这一工程的实施对我并没有好处。”

托马苏惊讶地睁大眼睛：“你是说……”

“中情局的一些散兵游勇在擅自行动，他们在某些鹰派政客的支持下，决定在其盟国的土地上实行恐怖袭击。我是这么想的。”

“为什么？”

“因为他们没有掌握那些要素，怕自己被动。从某种意义上来说，这是一系列预防性的袭击，你的挖掘船被击沉不过是其中的一个插曲。他们想摧毁一切，与其让别人得到他们得不到的东西，不如谁都别想占有。”

亚德里安说着笑了：“好好想想，这些行为对谁有好处？”

托马苏心想：只有一个问题他们没有问过我，那就是关于恐怖袭击的问题。

“是加西厄在指导他们选择目标？”

“是的。”

“但他们否认与此有任何关系。”

亚德里安不解地抬起头，托马苏说：“我联络了一个英国外交官，是我父亲的朋友、非常要好的朋友，他和美国的情报机构关系密切，我去了他任职的巴勒莫。他同意去打听打听，找找他在中情局的一个信得过的朋友。我向他提供了在耶路撒冷被打死的那个特工的警牌和我在罗马尼亚盗取的资料复印件。”

“这并不矛盾。我还是觉得，官方并不知情。”

托马苏的脸色阴沉起来。

“官方知不知道，这不重要，重要的是我女儿被绑架了。是谁干的？”

“你这个人真怪！我救了你的命，你却一直怀疑我干那种丧尽天良的事！”

亚德里安往前欠了欠身，收起了嘲讽的语气：“说白了吧。我不杀人，也不绑架，除非被逼无奈。我偷盗，是的，或者说，我至少利用别人的尔虞我诈从中谋利，但我只损害那些不值得敬重的人的利益，他们往往忽悠别人的钱。我最后再说一遍，我与你女儿被绑架的事毫无关系。那天在加西厄家里，我也没有想杀您。”

“那会是谁呢？同一伙人？”

“以后会知道的！首先，要抢占比我们的美国朋友更为有利的地形，给他们出出难题。”他脸上出现了一丝快意，“我有个杀手锏：攻击并摧毁船只的全部录像。这些东西一天之内就会被各大媒体广为传播，五角大楼对此可不会太高兴。我还想，你最好还是再给你的英国朋友打个电话。这样，他联络他的朋友时，谈话的内容就可以更广泛了……”

38

布兰登·克西低着头快速离开了危险区。螺旋桨刮起的风吹得地上的草波浪起伏，掀起了他的花纹上衣和绿色的领带。

他穿过草坪，沿着碎石小路，前往那栋红顶白楼，边走边抬头看了看天。天上乌云翻滚，会谈一结束，他就要去波士顿，然后再去华盛顿，但愿直升机能飞得了。他一直讨厌这种紧急召见，让他不得不放下手中的一切，尤其是这次，天气又不好，使得这趟临时旅行更令人不快。他一点都不喜欢华盛顿，但此时却希望尽早到达那里。

“真不明白为什么这么喜欢到科德角的乡间休假。”他嘀咕道。

站在台阶上值勤的特工快步下来迎接。

“欢迎您，先生。大家正等您呢！”

克西微微点了点头，跟着他进了楼。

一进门，便看见一条玻璃柱廊，两边有许多房间，让他想起上次大选前《纽约时报》发表的一张照片。当时，媒体很失望，因为无法报道初选大战。

照片上陪伴现任总统的那个人突然出现在眼前，他穿着牛仔裤和运动衫，皮肤晒成了古铜色。他面带微笑，好像是哪个公司的经理。“冒着恶劣天气坐直升机飞两千公里，连行李都顾不上收拾，仅仅是为了来挨顿臭骂，可能还是由他来骂。”克西想起来就生气。

总统特别安全顾问贾森·塔夫脱至少知道是怎么回事……

“谢谢您来得这么快，旅途没有太劳累吧？”

握手干脆而有力，很说明性格，塔夫脱曾在军中服役，但那已经是很久以前的事了。他尽管才四十五岁，却是一个老练的职业政治家。

“没有人向我们开火，”克西答道，“所以我也没什么可抱怨的。”

塔夫脱笑了，指着自己的“洋基队”厚绒运动衫：“您不会有意见吧？”

“我看您穿得更多的是‘红袜队’的队服。”克西脱下灰黄色的雨衣，问，“第一次比赛是在什么时候？”

“1969年，恰恰是与‘红袜队’对阵。”

“那您现在是常胜将军了？”

“要是常胜将军就好了！上楼吧，到我办公室谈方便些。”

克西点点头，跟着他上了楼。克西心想，第一个回合结束了，这算是一个友好的回合，今天可能很少再有机会见到他这种灿烂的笑容了。

来到楼梯口时，外面炸响一个惊雷。克西更担心了，不知今晚能否去华盛顿。

*

“很遗憾，劳驾您不得不在这么短的时间里赶到这里来，可您的材料把我吓坏了。我明天得见总统。”顾问说着，目光落在一个卷宗上。克西认出那是二十四小时前他作为绝密文件送上来的。

顾问在克西对面的座位上坐下：“您的线人，那个英国人可靠吗？”

克西点点头：“您看了详细报告。杰里米·鲍德温绝对可靠。”

“照我的理解，上次会议之后，我们应该研究具体的行动方案，让我们的对手暴露出来。”

“我也是这么想的，先生。”

“可我没有见到行动计划。”

“我也没有见到，先生。”

“但我们在耶路撒冷失去了一名特工，他没有通知我就对此事进行了调查。”

“也没有通知我，先生，我是后来才知道他死了，但据报道说是死于车祸。”

“您的报告已经很令人不安了，现在我们又从英国方面得到一份情报：我们的直升机在地中海采取了一场行动。同样，您和我都不知道此事……”

“报道称，这是调查军火走私的后续行动之一……”

顾问怒气冲冲地把卷宗摔在桌上，毫不客气地打断了他：“别再说这种蠢话了，浪费时间！那是应付记者或好奇者而编造的瞎话。”

也许是意识到了自己的失态，塔夫脱压住怒火，口气平静了一点：“我觉得，您手下有人瞒着你擅自行动，这不是一件让人愉快的事。我想弄清楚是怎么回事并且知道他们还想怎么搞下去。”

他两眼紧盯着克西：“因为谁都不相信我们会不知情。究竟是谁在船上？这乱七八糟的事情最后将如何收场？”

他找来一包烟，打开递给克西一支。克西接过烟，点着，吸了一口，准备回答，但塔夫脱却不容他开口，而是自顾自地讲下去：“在盟国的海域里击沉一艘船，还有比这更大的麻烦吗？”

一个响雷在附近炸响，白色的闪电透过镶着小方格的玻璃窗照进室内，克西看见塔夫脱面色惨白，毫无血色。

39

“自己看吧!”

亚德里安闪到一边，把位置让给托马苏，做了个请他到潜望镜前去的动作。在潜艇的驾驶舱里，船员们都已习惯了窄小的空间，浅蓝色的灯光下，他们机灵地在几个屏幕之间来回穿梭。一扇小门，几乎被弄成了拱形，以免碰到架在头顶的管道。安托万缩在门边，一副怀疑的样子，他用手指捻着香烟，因为不能点着。

托马苏抓住把手，眼睛贴在潜望镜上。他也穿着深蓝色的套衫，与亚德里安和两个监视潜艇航行的船员一样，仿佛是他们当中的一员。与众不同的是，他的一只胳膊用三角巾吊着，头上还缠着绷带，但他熟练麻利，看得出，这些天他都是在这狭窄的驾驶舱里度过的。

“看见了吗?”亚德里安又问。

“安托万!”托马苏大叫，但声音被潜望镜的架子挡住了，显得有些沉闷，“是‘朔风号’，在我们的正前方……”

“……离我们十英里，”亚德里安补充说，“正是它，没错。”

安托万靠着门，没有回答。驾驶舱太小，行动不便，他的肩膀显得更宽大了，不得不做些高难度动作，以免碰到墙壁和天花板。艇内的空间太小了，他感到十分压抑，好在伙食还不错。

“要耐心地等到半夜，”亚德里安说，“才能浮出水面。小船会送你们上去。千万小心！不过，那些想要你们命的人以为你们死了，这一点要好好利用。”

托马苏退后一步，把操纵电子观测仪的手柄折回去，说："劫持我女儿的人也这样认为。"

亚德里安捋着胡子，好像在思考："不一定，没有任何迹象表明他们是同一伙人，会相互通风报信、共享情报。当然，这只是一种假设。他们劫持你女儿是想给你施加压力，后来因惊慌或认为风险太大，便直接采取了行动。"

托马苏不由打了个寒战，心想，如果这些人开始害怕，马蒂尔德就更危险了……

亚德里安撅撅嘴，有些怀疑。

"依我看，他们不大可能是同一伙人。"

安托万往前走了一步："他们没有提任何要求就开始随意杀人？"

亚德里安看着托马苏，托马苏没有说话，看不出他在想什么。过了一会儿，还是亚德里安先打破了沉默："到我的舱里去吧！在那里等舒适些。"

作为主人，他不等客人回答便在前面带路了。

*

主人的船舱装饰得很奇特，20世纪80年代时髦的东西与年代久远的古董混杂在一起，很多地方都还有苏联舰队强大时期的痕迹：壁橱的球形门把手、深陷在木隔板之间的椅子……

亚德里安建议两位客人喝一杯，见他们都不喝，便自己倒了一杯威士忌，转过靠在小木桌前的半月形椅子，坐了下来。

"还有一些事情没有告诉你们，"他诙谐地说，"关于我扮演的角色，关于你们被牵涉进来的这件事情的焦点问题。"

他轮番看着两人，说道："然后我会问你们一个问题。不过，一件一件来吧！三十五年前，我幸运地在美国碰见一位建筑师，我当时很年轻，刚逃离祖国。我出生于高加索的某个地方，也就是现在的车臣南部。我父亲是俄罗斯人，是以苏联积极分子的名义被派往当地的先锋队员，而我母亲是当地部落的孩子。一边是被凌辱的故乡，一边是苏联的宣传，我就是在这种分裂当中度过了我的童年和青少年时代的，后来就发生了内战。当时，一只苍蝇都飞不出去。父亲死了，母亲设法让我逃到土耳其，她在那里有亲戚。她陪了我一天，直到我上船，什么也没有对我说。我当时十四岁，以后便再也没有见过她。在土耳其，我选择了为西方效力，先是为英国人，后来为美国人。我搞情报，也贩卖武器。攒够钱以后，我便离开了。我想过另外一种生活。我成功地到了美国，就是在那个时候我遇到了那位建筑师，他年纪大了，忧心忡忡，他叫路易斯·凯恩。我们对世上列强的看法相同，不抱幻想，但相同的看法并没有使我们得出相同的结论。我愤怒、他观望，他一辈子都那样，让我感到很难理解。由于我不断追问，加上两人都曾背井离乡，有共同语言，他最后把他内心的秘密告诉了我。他破解了决定建筑物生命的部分原则，这便是毕达哥拉斯和黄金分割的故事。围绕这一数字和相关的研究，有两点人们没有发现：第一，所谓的真实是指美丽的东西，而不是指存在的东西；第二，人们觉察到的东西才是重要的。然而，自然界比人类强大得多，它凭借黄金分割之美就让能人相信并不存在的前景，同样，它也可以影响个人的情感及其与其他人之间的关系。这些，人们以前知道，但现在忘了，因为他们在两大谬误的基础上进行推理：第一，他们认为人比自然强大；第二，人与自然的关系是客观的。这是对自然的双重蔑视！我的朋友凯恩意识到了这些错误，他认真研究了所有的权力机构的建筑物，从最简单的开始……”

亚德里安站起来，从书架上取下一本红皮小书，递给托马苏：

“比如这本《议会大厦建筑和政治文化》，作者是查理·T·古德塞尔。政治科学的研究非常有趣，你应该读一读。”

他重新坐下来，揉着双手，好像进入了角色。

“然后，他又进一步对设计理念与建筑进行比较。你知道吗，东京的王宫完全是根据耶路撒冷圣殿的框架建造的？他知道。他从中推断出这些建筑物当中所使用的原理，它们已逐渐得到完善。你见过联合国大厦吗？那是凯恩对建筑的首次影响，尽管是间接的。那些法则，我曾从工业的角度而不是从艺术的角度帮他加以完善。后来，我把这些继承下来的知识变成了一种工具，并非万能——我的学问过于支离破碎，而他又死得太早——但非常有用。我不怎么懂得创造和谐，但知道如何破坏和谐、制造分歧，不让权力过于强大。我曾是制造混乱的高手，利用混乱、分裂和别人的软弱起家，我从容不迫地进行各种贸易，没有人说它是非法贸易。从这个角度来看，欧洲的分裂和分化大大有利于做这种实验。凯恩是个理想主义者，是历史实验派的最后一人，可惜鲜为人知。他们经历了摸索、失败、部分成功的过程，他很想找回失去的和谐，但只有两个机会在建筑物中进行尝试：耶鲁大学图书馆和位于达卡的孟加拉国议会大厦。"

他指了指挂在墙上的两张不大的黑白照片。

"看看这个新成立的国家的历史，再看看这座建筑，"他指着第一幅照片说，"知道这座建筑所产生的巨大影响，就比较容易理解

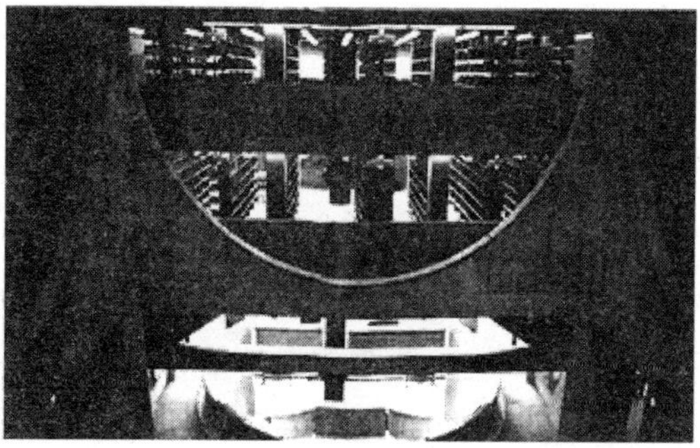

为什么孟加拉国在1971年至1991年的二十年间能平稳地迈向民主。”

他摘下装着照片的金色镜框，递给托马苏，问道：“墙上露出来的几何图形难道没有使你想起什么来吗？”

他放下第一张照片，又把目光投向第二张。

“至于耶鲁大学，学者之间的对话越来越缺乏智慧，却没有人去研究这跟图书馆大楼有没有关系。还是那种知识，尽管只是部分内容，不完善，由此可见其影响有多大。路易斯曾试图寻找与自然光的关系，分析一年四季，并将其纳入作品的设计当中，以增加作品的丰富性。”

他沉默了一会儿，目光显得很茫然。

“知道路易斯总是在说什么吗？‘问题是要知道建筑物想成为什么样子。’”

亚德里安依依不舍地把第二张照片挂回原处。

“我不是理想主义者，也不是乐观主义者，我没有他那样的才华，但我年轻。美国情报机关的老朋友想让我重新出山，但我选择了消失，待在暗处。我悄悄地发了财……几年时间，我就成了富翁。我试图进一步追寻路易斯的脚印。”他拿起酒杯，一饮而尽，最后说，“好了，其他事情，你们差不多全都知道了。至于加西厄为什么突然出现，他的才华、他的世俗还有他的贪婪，我已经跟你们讲过。把两个故事综合在一起，你们就很容易明白，我对他的发现寄予了多少希望，而他却让我多么失望！”

“我想，我知道你想问什么了。”托马苏痛苦地打断他的话。

亚德里安犀利地看了他一眼，目光中有喜悦，又显得有点冷酷：“朋友，我对你寄予厚望。”

“你想知道船被击沉之前我们都干了些什么吧？”

亚德里安笑了：“作为投资者，想了解这一点不是很正常吗？”

托马苏点点头：“当然。不过，我女儿被绑架了，这让事情发生了变化。请别误会，”看到亚德里安一副不解的样子，他连忙说，“我并不怀疑你说的话。你救了我的命，可以说是两次，可很多事情我并不敢肯定。在这件事情上，有太多意想不到的东西混杂在一起，我无法弄清它们之间的关系，但我感到自己被人耍弄和操纵了。我不想再这样下去。所以，请原谅我，容我过几天再把我们的探寻结果告诉你。”

亚德里安低声说：“可一切都被毁灭了。即使你们捞出了一些东西，恐怕也化为碎片沉入海底了。”

托马苏想避开这个话题，安托万却在旁边掰着指头说道：“一，我的记性很好；二，我们在工作期间得到过一次补给；三，克莱尔没有和我们在一起；四，我们用FAQ工作，借助电脑进行发掘，所以我们所见到的一切都被扫描并已保存了视频；五，不管美国的水雷多么厉害，海沟里的沉船安然无恙。”

他伸出手，张开指头，停留片刻，然后才捏成拳头。

“这便成了五大理由，每个理由都足以说明，你说的那种情况不一定会出现。”

安托万在讲这番话时，托马苏试图想象克莱尔和伊莎贝尔眼下在做什么或想什么。她们应该每天都在等电话，担心会发生最糟糕的事情，他急于想听到她们的声音。

亚德里安又仰躺在他的扶手椅里。

“你这么说，是因为你怕没有办法与劫持者进行接触，或者更糟，他们知道你们已经没有讨价还价的筹码。”

托马苏笑了。

“你们只能相信我，”亚德里安说，“好了，就这样决定吧：必须揭开此人或那些人的真面目，不管他或他们是不是中情局的人。救出你的孩子！如果没有别的办法，就虚张声势，我可以带着所有的人跟随你。一言为定：我给你十天时间，十天之后，我要彻底解决问题。”

托马苏郑重地点头道：“就这么定了。”

突然，有人急促地敲门。

“潜艇已作好上浮的准备，先生。”一个水手推门进来，打断了他们的谈话。

“好了，”亚德里安对安托万说，“新鲜空气在等待你们。”

两个朋友站起来。托马苏的目光落在一尊中国的陶土小塑像上。

亚德里安看着他："很漂亮，是吗？我收购的一个珍品，我喜欢极了。把它卖给我的商人是从中国走私弄出来的。"

托马苏点点头："太漂亮了。"

亚德里安开玩笑地说："它甚至有个名字，但我不能告诉你，因为这是一个秘密的名字，只有它和我知道。"

突然，托马苏好像被电击了一下，几天来他一直想不起来的东西，被囚禁期间精神接近崩溃时他一直徒劳地在脑海中思索的那块拼图，现在出现在他的脑海里。

亚德里安也站起身来，向门口走去，没有注意到他所保护的人心神不安。

临出去前，托马苏又看了一眼小塑像，亚德里安感到有点莫名其妙。

托马斯终于从梦幻中回到了现实，默默地地跟在亚德里安后面，来到被灯光照亮的过道。他头疼得厉害，感到一阵眩晕。一切都浮现在眼前，包括很早以前发生的事情。

现在，他一切都明白了。

40

在海浪和夜色中，小船似乎是天边的一个点，马达声也轻得几乎听不见。

托马苏又看了一会儿潜艇刚刚消失的地方，然后依依不舍地松开握着护栏的手，朝驾驶舱走去。

船好像也睡着了，里面熟悉而宁静的装饰，让他晕乎乎地想起了过去这几天所发生的事情，只有痛失马蒂尔德的巨大悲伤才能让他清醒过来。他想起了伊莎贝尔。谨慎起见，必须再等等，不能做出任何会增加她们危险的事情。不过，他太想给她们打电话了！他看了看亚德里安在潜艇上给他的手表，他的衣服和鞋也是艇上给的。现在是晚上十一点三十分。

安托万累了，刚刚下舱睡觉。

“有什么事你就叫醒我。”他站在小楼梯的台阶上，巨大的身体把整个楼梯口都堵住了。

托马苏笑着说：“好的，别担心，去睡吧。我也很快下去睡觉。”

“托马苏?”安托万欲言又止。

“嗯?”

“我们会脱险的，会找到她的。”安托万安慰他。

他点了点头，轻声说：“我知道。”

夜晚风平浪静，这种平静的气氛让托马苏更加激动，他的心“怦怦”直跳，如果他的猜测是对的，那么他的时间就不多了。他不会弄错吧？然而一切都环环相扣，如此清晰。

他抬头望着深蓝色的夜空，不禁浑身一颤。他很快就会把事情搞得一清二楚，再说，他也没有选择的余地了。无论如何，要诱敌深入，而要达到这个目的，他只有一张王牌。

他又思考了一分钟，然后毅然去了餐厅。他一直想跟伊莎贝尔通话，但最后还是决定先给另一个人打电话。

电话那头传来了杰里米的声音，他还没有睡觉。

“我是托马苏。”

“托马苏？你去了哪？”

“以后再告诉你，现在没时间。我在‘朔风号’上，想请你帮忙。”

“马蒂尔德怎么样？”

“没有消息，没有人来谈交易，什么都没有，但我有新情况。”

杰里米似乎急得不行。

“又有新情况？我已收到了你的录像带，如果是同样的东西，跟我联系的人会懒得再跟我们交换情报。”

“虽然图像的效果不怎么好，不过是后续消息。你只需对他们说我有他们寻找的东西，他们会明白的。告诉他们，他们发射的该死的导弹什么用都没有。对他们来说，这是个坏消息。我活得好好的，如果他们再要这种花招，我就把东西卖给随便哪个人，就是不给他们。”

“你有什么东西？”

“请原谅，杰里米，以后再告诉你。我给他们二十个四小时，如果他们想告诉我关于马蒂尔德的消息，必须在二十四小时之内联系我。”

“好的，托马苏，我转告他们。”

沉默了一会儿，杰里米又说：“你的录像带吓死我了，那些畜生！托马苏？”

“嗯？”

“你好吗？”杰里米问。

“还行。”

“多保重!”

话筒里传来“嘟嘟”声，杰里米已挂了电话。托马苏待了一会儿，也把听筒挂在黑色的底座上。他看了一眼外面的天空。从窗里望出去，外面总是那么平静。他想透过玻璃，获得几分这样的宁静。

夜色正浓。想到要跟伊莎贝尔通电话，他非常兴奋。伸手拨号时，他的脸上露出了笑容。他要充分享受这分分秒秒，享受她的声音，别的事统统抛开，先不管了。

41

圆形的墙上，门突然开了，亚德里安出现在门口。托马苏惊跳起来。亚德里安进来，他爷爷怎么没有发现？他为什么要走到墙边？那里躺着被砍掉脑袋的妇女。他用被单蒙住头，差点要喊出声来。透过薄薄的床单，他看见那个影子沿着墙在移动。他要让她们起死回生。

舱里的电话响了，托马苏被吓了一跳，他惊醒了，连忙接电话。

“托马苏吗?”他听出是克莱尔的声音。

“你在哪儿?”他问道。

“一直在巴黎。”

双方都沉默了一会儿。

“我在电话亭里，如果你的电话安全……”

“说吧，你可以说。”

托马苏感到自己的声音有些紧张。一种冷静的紧张，丝毫没有昨晚给她打电话时的那种不安。

听到他的声音，克莱尔放心了。“我很害怕，不知道船的事，可联系不上你……”

托马苏对她说，一切都令人难以置信，他以后会告诉她的，现在没有时间。接着，他话题一转，说起了寻找马蒂尔德的事……

克莱尔突然反应过来：“我有新情况，他们联系我了。”

“他们?”

托马苏的声音有些发抖，这是缺乏睡眠的缘故：他一直待在驾驶座上，无法下舱睡觉，只能断断续续地打盹，而且噩梦不断，刚才就是被噩梦惊醒的。

“绑架者，他们打电话给我了。”她有些迟疑：“我没有告诉伊莎贝尔，想先跟你通话……”

托马苏深深吸了口气，回答说：“你做得对。那是些什么人？”

“我不知道，他们的声音经过了处理。他们说，他们会告诉我们怎么做。他们想得到那东西，托马苏，你们的船被炸沉之前你拿走的东西。他们想作交换。”

“什么时候？”

“三天之后。在苏格兰。”

他惊呆了：“苏格兰？”

“对，苏格兰东部，他们会给我指令。他们只准你一个人去，还有我。你要把他们想要的东西带去。”

“有什么保证吗？”

“所以我们俩要一起去。他们想在见面后立即就拿到那东西。最多一小时。在这期间，我们领回马蒂尔德。托马苏，你在听吗？”

血一下子就涌向了脑门儿，托马苏竭力控制住自己：“克莱尔，我坐头班飞机去伦敦，你得到指令后也马上出发。我不想让他们跟踪我们。到了以后我会给你电话。你租辆车，前往他们指定的地点。先稳住他们，其余的事情我来办，伊莎贝尔也由我来管。”

“好的。”

“克莱尔？”

“嗯？”

托马苏好像有些内疚：“谢谢，你做得很好。我完全陷进去了，现在又把你牵扯其中。不过，别担心，我手中有足够的王牌。明天再给你电话。”

夜里很凉，但他在放下听筒时手心都是汗。马蒂尔德的影子挥之不去，总是萦绕在他眼前。

*

“醒醒!”

安托万从床上半坐起来。他在睡梦中猛然被人唤醒，睁开眼睛，看见托马苏站在面前。托马苏的脸显得很消瘦，双眼熬得通红。

安托万支着臂肘，转过身，抓起放在床边的小闹钟。当他庞大的身躯向床边挪动时，床架令人不安地发出一阵“吱嘎”声。

“他妈的，才两点！出什么事了?”

“听我说，安托万，我找到了解救马蒂尔德的办法。快穿好衣服，”托马苏说着，把安托万堆在门口椅子上的衣服扔到床前，“我需要你帮忙，马上。”

安托万打着哈欠，揉着眼睛，然后双腿一蹬，坐到床沿上，床响得更厉害了。他套上一件印有“小心驾驶，快速航行”字样的白色T恤衫，猛地站了起来。

“去哪里?”

他的声音恢复了往日的镇静。

42

苏格兰。天边出现了乌云，苍白的阳光消失了，光线顿时暗淡下来，被风吹得高低起伏的草地，被涂上了一层奇幻的深绿色。

托马苏正准备登上他从奥本港租来的小快艇。他在跳板上停了一会儿，抬头望着大海。正前方，马尔岛在不远处时隐时现。右边，可见一块长条陆地，挡住了奥湖湾的一个入口，陆地尽头的灯塔隐约可见。他知道大概要四十分钟才能抵达，然后再花十分钟抛锚、靠岸。重返自己的世界回到家乡，托马苏感到有种难以名状的兴奋。

他把小包扔进狭窄的船舱，跳上小艇。

来往于奥本港和马尔岛的最后一班渡轮刚刚离开岛屿，回到大陆。当黑乎乎的巨大船身驶过海角时，可以见到它在波浪翻滚的海面上划出深深的航迹。据天气预报，暴风雨晚上九点左右才会来，但预示雷雨将至的海风已把这座海边小镇的板岩屋顶吹得“噼啪”乱响，奥本酒厂上方的旗帜也“哗哗”地剧烈颤抖。

托马苏提前了。他不慌不忙地检查发动机，吸了一口吹拂着他的头发的新鲜海风，又闻到了带有咸味的海风。他高度紧张，拉发电机的时候，手都在发抖。他不由自主地摸了摸衣领，把它扶正。现在，一切就绪，只需专心开快艇，剩下的事就听天由命了。但愿他的判断是正确的！

他跟安托万分别坐两架飞机，持亚德里安提供的护照，搭乘两架不直接抵达的飞机，安托万在巴黎转机，接上伊莎贝尔。他们甚至不在伦敦碰头，安托万直奔格拉斯哥，托马苏则根据绑匪通过克莱尔给他的指令，不时调整自己的行程。按照收到的指令，他们必须分别来到岛上。

现在，生米已经做成熟饭。

发动机一下子就打着了，他慢慢地开动小艇，慢速离开港口，朝岛上驶去。

岛上的小码头空无一人，锈迹斑斑的拴索环和钢筋外露、斑斑驳驳的水泥地表明，看守撤了之后，这里已被荒弃。

托马苏跳上岸，用缆绳把船拴好。他感到有些惊讶，自己好像是第一个上岛，克莱尔是否小心地把她的小船藏起来了？

他沿着杂草丛生的斜坡，慢慢地向灯塔前的空地走去。到达坡顶时，一阵马达声让他转过身来。他张望了一会，才看见一艘黑色的橡皮艇从岛的另一端自拉姆齐港溯林尼湾而上。克莱尔穿着蓝色雨衣，出现在灰色的海面上。橡皮艇很快靠岸，托马苏用目光尾随着开始向山上走来的克莱尔，树丛有时把她挡住了一会儿，但她马上又重新钻出来。

托马苏双手插在口袋里，看着克莱尔在刺眼的闪电中朝自己走来。当她来到跟前时，他看到她忧郁的眼睛里流露出不安的神情。天上掉了几滴雨，但阳光并没有完全退去。

43

克莱尔走完了把他们分开的最后几米，过来吻了一下他的面颊，并紧紧抓住他的胳膊，像是给他鼓劲。

“我们提前到了。”她望着灯塔，见托马苏没有回答，她又说：“希望他们不要迟到。”她拂了拂衣袖说：“一切都会顺利的，就一会儿，然后，一切都将结束。”

狂风阵阵吹来，高高的杂草东歪西倒。

“你带了他们想要的东西了吗？”她退后几步，问道。

托马苏点点头，抖了抖肩上的挎包。

她脸上露出了微笑，这时，又一阵狂风吹来，她冷得簌簌发抖，于是转过身，朝高坡边缘走去。托马苏望着她的后背、短发和优雅的步态，不由自主地从口袋中抽出双手，抚摸着手腕上差不多已经愈合的伤口。

“小时候，我和父亲来过这里一次。我想正是在这个地方，因为有个名叫马克·多内尔的人在附近被俘并被处决，就在岛的对面——杜瓦尔堡。你在这里可以看见那个城堡的塔楼。”

他的语气接着生硬起来：“你知道奇怪在什么地方吗？我见到你的朋友英国律师洛厄尔时，他请我喝了一杯很普通的、不太出名的、碰巧也是在岛对面的那家小酿酒厂制造的威士忌……从某种意义上来说，我们绕了一圈，又回到了原先的起点……”

他朝她走了一步，她的身子突然僵住不动了。

“谁也不会来了，对吗？”托马苏冷冷地说。

克莱尔转过身来，表情有些古怪，脸上勉强露出一丝微笑。

“中情局不会来人，什么人都不会来。”托马苏补充说。

克莱尔没有回答。

“现在，你无话可说了吧?”托马苏抬头望着天空，“我不急，但天太冷。谁也不会到这里来，直升机不会来，潜艇也不会来。我不知道你还在等什么，或者还想玩什么把戏。该收场了!”

他交抱着双臂，然后又把手插回口袋里。

“结束了，克莱尔。”

“别过来!”克莱尔突然敏捷地把手伸向腰间，掏出一把黑色的手枪。

托马苏笑了：“你这是第二次拿枪对着我。”

她不解地望着他：“你是怎么知道的?”

“是电子邮件。我花了许多时间……”

“什么电子邮件?”

“你父亲的电子邮件。但确切地说，并不是你父亲的，在洛厄尔家中，我找到了一个通信地址，你父亲的通信地址，还有一个电子邮件地址，我自然相信那也是你父亲的，但与他办公室的电子邮件地址不同。给那种情报设一个专门的邮址是正常的，甚至可以说很有必要。pgarcieux@hotmail.com肯定是他。多愚蠢啊!我早就应该明白，pgarcieux是你而不是他。”

克莱尔没有回答，而是拉开枪栓推弹上膛。金属的撞击声在暴风雨来临之前的寂静中显得格外清脆。

“P不是保尔，而是波拉。和你们在乡间别墅里挂的照片一样，我很久以后才明白。”

她伸出手：“太晚了，我本来可以脱身的。”

“洛厄尔知道吗?”托马苏问。

“不知道，这样更方便。洛厄尔一无所知。”

“要他停止付款的电话是谁打的?”

“是我。”

托马苏追问道：“为什么要停止?”

“父亲的死使我深受打击。我害怕了，不想让中情局，也不想让其他疯子一直追查到我头上来。我宁愿推迟行动，切断一切线索。我是有道理的，因为你就一直追到我这儿来了。”

“我得承认，发现中情局可能被冤枉时，我就怀疑过。如果是他们在幕后操纵，他们就应该有我所没有的情报，然而情况并非如此。他们之所以摧毁盟友的历史遗产，是因为他们没有及时得到消息。他们以为敌人是我，但我却知道是另有其人。你从来没有问过我，我以前是干什么的，也没有问过科研中心事件——当然没必要问，因为你已经通过洛厄尔知道了一切。最后，必须有人向他们通风报信，告诉他们我在哪里，以便让他们轻而易举抓住我……有个人应该知道在什么地方给伊莎贝尔设圈套……”

他挥了一下手，克莱尔把手中的武器握得更紧了：“别朝前走，托马苏！”

“告诉我这是为什么？”托马苏管自己追问。

“我父亲不懂得如何让他拥有的东西增值。他已成为偏执狂，老想着迫害人，甚至连我都不相信。他想远离一切，剥夺我应该得到的遗产。他会上别人的当，我只想比他抢先一步，所以匿名联系了中情局。你知道，我对他们很了解。在越南时，我跟他们打过交道。他们出价很高，我挣了很多钱。我还能赚到更多的钱。渐渐地，我收集到许多情报，尽管我看不懂。我监视他的工作，琢磨他在电子邮件里的种种暗示，他对此毫无察觉。我让中情局的人感到不安了，他们担心控制不了我父亲。既然他也把这些秘密告诉别人，必然会让欧洲跟美国对立，反美力量可能会很强大；他们不想看到这一局面，因为他们想分裂欧洲，不想让欧洲崛起，并为此不惜任何代价。”

“甚至不惜制造恐怖袭击。”托马苏补充说。

“当然，他们知道上头不会支持他们的想法，但如果有其他人来做这些事，不要他们承担任责任，上级何乐而不为呢？他们不希望欧洲摆脱混乱局面。这时，我向他们伸出了援手，告诉他们应该在何处动手。但由于无法控制事态，他们宁可采取毁灭性打击。”

托马苏喃喃地说：“迦太基将领哈斯德鲁巴……”

克莱尔露出一丝嘲弄的微笑：“你了解那段历史？是，确有其事。后来，我逐渐懂得了那艘沉船的重要性。我正好缺少数据，我想父亲也许有，但我没能在他被害前弄到。现在，我只缺那件宝贝了。”

“为什么要搞这么多名堂?”

“我不知道是谁杀了我的父亲，怕美国人骗我。当你偶然闯进这游戏寻踪来到巴黎时，我起初十分恼火。枪战之后，我发现你的出现对我有好处，由你来寻找比我自己寻找更好。首先，你把他们的注意力都吸引到了自己身上，从而为我提供了绝妙的保护。我让你去干就行了，让你去寻找蛛丝马迹并加以破译。我知道得十分清楚，你肯定能在船上找到一些东西，让它们发挥作用。总之，在那群疯子看来，你很天真，所以很让人放心。他们从来没有相信过我，很快就能识破我的计谋。”

托马苏有些不相信：“为了钱？你做这一切都是为了钱……”

克莱尔瞪了他一眼：“你以为是什么？钱，是的，当然是为钱。除了钱，谁会相信别的东西？当然，我更想在父亲面前、在其他人面前露一手。我想成为一个强者。你太天真了，才会相信这个制度，大家都说它好，说它公正公平！然而，托马苏，他们最擅长的就是杀人，杀人致富！”她越说越狂热：“你就像个天真的孩子。你需要我告诉你这是个什么样的世界吗？我去越南时，也以为能减轻痛苦，为和平和稳定做些事情，但我看到的是，不少国际组织腐败、无能，被秘密情报机构所操纵……你知道是什么促使我离开越南的吗？有一次，我所工作的人道主义机构准备去两个大集中营清点关押在那里的囚犯，按照有关规程，我们通知了有关方面，但当我们到达时，监狱空了，囚犯全被杀害了。三四千人，其中有妇女和儿童。为了销毁证据，掩盖自己犯下的可怕罪行，不让别人知道自己在这一冲突中所扮演的角色，西方有关机构……托马苏，这就是这个世界的真相。我在亲眼目睹了那些疯子的所作所为之后，决定不再忍受。既然这个世界如此混账，我也只能……”

“你的游戏玩得相当精彩!”托马苏讽刺了她一句。

“这不是游戏，托马苏，要是你，你也没别的办法。但愿你能保持清醒的头脑！你太可爱了，都不知如何是好。我差点以为你爱上了我，可你把个人的得失看得太重……”

他打断了她的话：“马蒂尔德在哪？”

“那东西呢？”

托马苏的眼里冒出愤怒的光芒。

“我不想再说第二遍，把你的背包扔过来！”她左右扫了一眼，“这是你最后的机会了，托马苏。别干蠢事！”

托马苏冷静地看着她，一动不动，然后，取下背包，扔给她。她蹲下身来，小心翼翼地拾起背包，但眼睛一直没有离开托马苏。

突然，她大喊起来：“空的！你不知道吗，马蒂尔德会丧命的？”

她浑身发抖，又把黑洞洞的枪口对准了托马苏。

“你不相信我会带东西来？”托马苏说，“先还我马蒂尔德，你才能得到那东西……”

“你并没有那东西，是吗？”克莱尔打断他，“你在虚张声势。所谓的海沟和下潜，全是你放出来的烟幕，以保护自己……”

托马苏盯着她：“那你究竟相信什么？”

克莱尔好像发疯一般：“我要杀了你，托马苏！”

她用另一只手托着枪，以便开枪时更稳些，与此同时，她四处张望，怕哪里突然冲出个人来。然后，她露出一副轻蔑的样子说道：“这就是我的力量，你不能不信。”

说着，她扣动了扳机。

枪响了，枪声打破了沉寂，传得很远很远，撞击在悬崖上，变了声调，又反弹回来。

托马苏惊跳起来。

又是一声枪响，盖过了第一枪的回音。克莱尔的手枪在空中划了一道长长的弧线，在阳光下闪闪发光，落在不远处的草丛中，她整个人也随之摇晃了一下，然后脸朝天，颓然倒地。

托马苏看见克莱尔张开双手，一团黑色的东西在她胸前慢慢扩大。他赶紧上前，弯下腰来。克莱尔瞪着眼睛，已经死去。

托马苏站起来，寻找枪手躲藏的地方。第二枪，是克莱尔倒下时碰到扳机时打响的，枪声正慢慢消失。风又猛烈地吹刮起来，乌云遮住了太阳，托马苏四处张望，却不见人影。

44

托马苏不知道时间过去了一分钟、五分钟还是十分钟。乌云笼罩着整个天空，岛上似乎提前天黑了。狂风吼叫着，刮得他全身哆嗦。他无法把目光从克莱尔的尸体上移开。她黑色的头发被风吹得飘了起来，不时击打着她的衣领。托马苏感到嘴里有股苦味。

“吱嘎”一声，随着刺耳的金属摩擦声，灯塔的门被推开了，但马上“哐当”一下即被狂风狠狠地摔回在门框上。托马苏眯起眼睛。下雨了，透过密密的雨点，他看见两个人影，穿着黑色上衣，戴着黑色无檐帽，其中一人手里拿着步枪。两个黑影远远地站住，停了下来，一人掏出望远镜，望着天空。托马苏心想，杀死保尔·加西厄的大概正是他们。这时，另一人朝空中扬了扬手。

头顶传来了“隆隆”的声音，不是雷声。风雨交加的天边出现了两个光点，一个红，一个绿。是直升机，飞得很低，慢慢地掠过拍打着岩石的巨浪。在这样恶劣的天气里飞行，简直是疯了。但托马苏并没有感到吃惊，因为他对下令起飞的那个人太了解了。

直升机在空中盘旋，寻找降落地点，螺旋桨的轰隆声和狂风的吼叫声混杂在一起，植物全被刮得贴在地上。雨越下越大，浑身湿透的托马苏等直升机着地后才走过去。机舱门开了，他认出弯着腰跑过来的正是亚德里安。亚德里安穿着深蓝色的风衣，手捂着头上的帽子，后面跟着两个人，一个人待在直升机旁，另一个人则直奔那两个狙击手，然后一起朝躺在荒地上的尸体走去。

托马苏急忙向前，但亚德里安用手势告诉他什么也听不见，并示意他到灯塔那里去。他们迅速走上门前的台阶，在小小的挡雨披檐下避雨。

“马蒂尔德在哪？”托马苏大声地问。

亚德里安抓住他的胳膊：“她很安全，正如你预料的那样，在一艘驶向苏格兰的船上。为了找到那艘船，我们监听了克莱尔的电话。船经过爱尔兰领海时，我们对它进行了检查。它沿加斯科涅湾逆流而上，绕过布列塔尼，然后前往爱尔兰，绕岛而行。四个船员，都是些不知道从哪找来的无赖，我想大概只有他们在如此恶劣的天气里才愿意出海。他们坚持了不到五分钟就招供了跟克莱尔通话的密码。”

“马蒂尔德怎么样？”

“别担心，她正跟伊莎贝尔在潜艇里。明天就能到英国。据你太太说，她受惊了，但健康状况还好，没有受虐待。”

说着，亚德里安用肩推开门，示意托马苏跟他进去。托马苏真想拥抱这个朋友，他感到全身的肌肉都松弛下来，与克莱尔斗智斗勇时所产生的紧张情绪瞬间全都消失了，好像被苏格兰冰冷的雨水一洗而净。

灯塔里面非常宁静，让人感到很舒服。外面狂风暴雨，但在厚厚的墙壁和加固的窗户里面几乎什么都听不到。

他们走进守护员当年在的时候用来休息的一个房间，一切都保持着原样，依然是20世纪50年代的家具。亚德里安拉开窗帘，看了看窗外他手下的人，他们正把尸体抬上直升机。

“她会开枪，”亚德里安说，“她正准备开枪。”

托马苏擦了擦仍往下滴水的额头，脱去外套，坐在亚德里安对面一张的皮椅子上说道：“我知道，但你的狙击手肯定是个神枪手，可以打伤她而不打死她。万一找不到马蒂尔德……”

亚德里安反驳道：“在那么远的地方，天气又那么差，即使是神枪手也不敢百分之百打包票。不管怎么样，我们找到了马蒂尔德，再说……”

“再说什么？”托马苏问。

“再说，你是个怪人，托马苏·马克·多内尔。这个女人绑架了你的女儿，利用了你，让你的生命受到威胁。而且，她撒谎、玩花招，什么事都做得出来。你这个有血性的男人，现在怎么儿女情长起来?”

“不说了，”托马苏打断他的话，“我丝毫没有责怪你的意思，只是觉得有点不妥——当然，这是最简单、最有效、最常规的解决办法。”

外面，风雨好像越来越大。亚德里安看着托马苏，善意地讥讽道：“你这人真是！从来没有人这样跟我讲话，但我不会生你的气。你有临危不惧的本领，不过，你要知道，我不能让克莱尔·加西厄继续危害他人，透露她所知道的事情，尽管她知道的比别人要少得多。”

托马苏犹豫不决：“比我知道的还少?”

亚德里安点点头：“比起你来少得可怜。”

“那为什么不在这之前就除掉她呢?”托马苏取出藏在衣领里一个麦克风似的东西，“为什么安放窃听器……”

他突然止住话头，看着亚德里安黑色的眼睛。

“你想证实我是不是真的拿到了那东西?”

“你说的都对，”亚德里安和蔼地说，“最有效的办法就是用枪瞄准你，逼你说出实情。不过，你会原谅我的这一小小计谋，是吗?”

托马苏咬着嘴唇：“难啊!”

他说着站起来，看着窗外，人们正在直升机周围忙着，两个人在检查克莱尔倒地的地方，消灭所有的痕迹，另两个人则朝码头走去。

亚德里安转过身来，问道：“你跟我们一起离开吗? 今晚不太适合飞行，但坐船并不更安全，我的人很快就可以弄沉你的小船和橡皮艇。”

“可船失踪了不是更……”

“……更令人不安? 不会，我会负责报失，以出租人的名义，而肯定不会以你的名义。船东会依法得到合理的补偿，就像不幸沉没在地中海的那艘船的主人一样。”他显得伤心起来：“还有与他一起丧生的水手。你们的名字都是假的。对突尼斯人来说，所有的人都死了，为了让人们完全忘了这件事情，美国人采取了必要的措施。”

两人默默地对视着。暴风雨朝着海洋方向渐渐远去，一度淹没在雨雾和海浪中的岛屿又显露了出来。

亚德里安看了看手表：“五分钟后出发，我们把你放在格拉斯哥岸边。你最好立即去伦敦。”说着，他笑了笑：“不用二十四小时，你就可以和家人团聚了。”

托马苏盯着他：“你真以为我有那东西吗？我没跟你说过我有。”

亚德里安风趣地撅撅嘴：“没有真的以为，只是不想漏掉任何东西罢了。”

“你肯定相信，否则今天就不会亲自到这里来。”

“也许我只是想跟你道个别。你是自由的。”

他重新穿上大衣，拉开前面的拉链，取出一个信封，递给托马苏：“第一个数字是账户号码，第二个是密码，下面是银行地址。我一直信守诺言。”

托马苏惊讶地看着他手里拿着的东西。

“这些钱应该够你用的了。回去做你自己喜欢的事去吧！把这一切都忘了！”

“你呢，你怎么办？”托马苏脱口而出。

亚德里安耸耸肩：“做同样的事情——利用大人物的虚荣和贪婪，在混乱中求生存，利用冲突和误解造成的无人地带。当然，还有一些……”

“你把前景描绘得太黑了，”托马苏说，“我敢肯定，你……”

亚德里安打断他：“也许有一天吧……你知道，也许这样更好。我不相信世界上有谁能不利用这样的秘密获利。再说，谁也不知道加西厄究竟在梦想什么，不是吗，托马苏？”

托马苏笑了：“如果我知道他梦想的东西，而且让它落入你手中呢？”

亚德里安没有回答，看着托马苏。

托马苏从上衣口袋里取出一支钢笔和一个记事本，在上面潦草地写了几行字，然后撕下一页，递给亚德里安："第一个数字是打通曼哈顿银行伦敦分行的一个保险箱号，下面那行是所开账户的名称，第三个数字是打开这个密码箱的密码。"

亚德里安默默地接过来。

"你把前景描述得太黑了，"托马苏又说，"最好还是利用人类的平庸吧！"

"谢谢。"亚德里安只说了两个字，然后指了指门口。在直升机下方，穿着黑色衣服的人正在暴风雨的余威下耐心等待。

登机之前，托马苏忍不住地朝克莱尔倒下去的地方又看了一眼，那里的草被压倒了一大片。

45

杰里米·鲍德温摘下鸭舌帽，放在身边的长椅上，然后从塑料袋中取出一片软面包，不慌不忙将它捻成碎屑，扔给被面包屑吸引过来的天鹅。

能回到伦敦来过几天正常的生活，这位老外交家很高兴。圣詹姆斯公园的大水塘周围非常安静，人迹罕至，所以，当托马苏走到离他五十来米远的小树林前的时候，他马上就觉察到了。

“你迟到了。”他的声音里有几分开玩笑的味道。

“爱尔兰人就这样，喜欢让大人物久等。”

杰里米扔掉手中最后几块面包屑，搓搓手，说：“爱尔兰人的仇恨竟然蔓延到了我们在大西洋彼岸的旧殖民地。”

托马苏将臂肘放在椅背，身体往前靠了靠。

“他们非常怕事情闹大，所以想匆匆了结，”杰里米说，“坦尼特一直是他们的心病，想到它已经玩完、已经消失，他们很高兴。我想他们派出了一些人马——这次是官方的——去评估轰炸造成的损失。他们只轻描淡写地对我说，军人们为自己高超的技术感到自豪，这意味着，考古船和沉船都已荡然无存……”

“而我呢，他们是提升我还是让我牺牲?”

“既没有提升你，也没有让你牺牲，你被遗忘了，你和你的人以及所发生的一切都被抹去了。你把你拥有的情报存在伦敦一个漂亮的保险柜中，没有对外扩散。作为回报，我的朋友会让你得到一个小小的礼物：彻底洗刷你在法国警察眼中的形象。在法国人看来，你是美国间谍；而在美国人眼里，我想，他们一直搞不清你是否是英国间谍……”

托马苏笑了：“谢谢，杰里米。”

外交官做了个鬼脸：“你现在打算干什么?”

“去吃浇意大利酒的面食，然后带我的妻子和女儿到‘朔风号’，把工地上的活干完。费用问题已全部解决，不用再四处奔波，也不会再与家人分离。我将结束这一切，然后……”他停顿了一会，接着说：“在英格兰再买一幢城堡……”

鲍德温扫了他一眼，撇撇嘴：“你身上的意大利血统又在作怪了。”

说着，他扎好面包袋，叹息了一声：“好吧，就这样……”

他犹豫了一会儿，然后似乎又改变了主意，转过身来看着托马苏，微微眯起的眼睛使脸上的皱纹显得更加突出：“你那位奇怪的救命恩人，那个神秘的人物……”

托马苏微笑地说：“他始终没有名字。”

“不跟我讲讲他告诉你的事情?”

“下次吧，杰里米……”

“总之，你下次跟他联系一定要告诉我，比如，商量如何寻找那件东西……或者，当你得知他打算重操旧业……”

托马苏没有回答。

46

沉箱由一根钢缆从深蓝色的海底吊起，浮出了海面，“滴滴答答”地往下淌水。安托万给开吊车的师傅打了个手势，要他放慢速度。巨大的箱体又抬高了几米，然后平行地停在海面上，微微来回晃动。接着，吊臂开始转动，把沉箱吊到了甲板上方，停了一会儿之后慢慢下降。当沉箱碰到甲板时，巨大的撞击声把马蒂尔德吓了一跳。小女孩紧紧抱住母亲的大腿，伊莎贝尔微笑地抚摸着她的脑袋。

安托万转过头，看着刚才沉箱出海的地方，那里停着一只橡皮舟。他手搭凉棚挡住刺眼的阳光在海面搜索了一会儿，然后越过跳板，弯下腰，对在沉箱四周忙碌的工人说：“等等，等托马苏上来。”

其中一个工人举起拇指，示意明白。

突然，伊莎贝尔指着橡皮舟，大叫起来：“他上来了。”安托万扭头一看，托马苏正在橡皮舟上脱潜水服。

不一会儿，橡皮舟靠上了“朔风号”。舟身停稳后，托马苏跳上甲板，眼里闪过一道喜悦的光芒，然后模仿戏里的动作，对安托万说：“请吧！”

安托万迟疑了一下，把沉箱的门微微开了一点，里面的水“哗”地流了出来。他把箱门开得更大一些，黑乎乎的沉箱里有什么东西闪了一下。

托马苏开心地笑了，他一手用毛巾擦着往下滴水的头发和脸，一手伸出去抚摸失去光泽的金属，对搂着马蒂尔德的伊莎贝尔说：“1692年春，法国国王的一个秘密使团越过比利牛斯山脉，前往马德里。表面上，他们是来汇报有关法国王后即西班牙公主玛丽-泰蕾丝的情况的，其实是转达她向西班牙王室的请求，她希望得到西班牙的财政援助，为路易斯十四攻打邻近帝国作军事准备——制造武器、建造船只，在军事工程师沃邦的指导下继续修建庞大的防御工事。有关协议在法国只有三个人知道：国王、财政大臣和谈判特使。根据协议规定的时间，四艘法国船将前来运取西班牙王国出借的黄金。西班牙国王没别的要求，只有一个条件，就是要绝对保密，因为它违反了西班牙跟邻国签订的相关条约。四艘船中的两艘于1692年11月或12月启航，另外两艘在1693年动身，但最后只有三艘回到了法国，由洛赞骑士指挥的第四艘船从直布罗陀出发后，一直没有音信。在此期间，战事激烈，法方无暇寻找这艘失踪的船只，而西班牙人，他们当然不能去寻找他们偷偷出借的东西，只好装作什么事也没有发生过一样。只有几个人知情，这一秘密后来被带进了坟墓，因为十五年后，所有的当事人都去世了。就这样，西班牙的黄金一直在等待我们来发现……”

他解开包着金条的防水布，周围的人都惊呼起来。

托马苏看了大伙一眼，用力点点头：“是的，一笔财富，一笔巨大的财富！”

伊莎贝尔被这场面所感动了，她放下马蒂尔德，缓缓地走到他身边。托马苏搂住妻子的肩膀，然后转身微笑地对安托万说：“你知道我们现在可以做什么了吗?”

见安托万露出不解的样子，他大喊道：“我们可以回突尼斯的大海里潜水了……”

说着，他抱起马蒂尔德，把她抛向空中，然后又接住，在原地转起圈来。

马蒂尔德开心得“咯咯”大笑，脖子上的金属饰物在夕阳下闪闪发光。

尾　声

……昨天，欧盟轮值主席、希腊总理斯塔夫罗斯·安吉利斯和欧盟委员会主席勒莱通·保尔·伊诺斯塔斯在卢森堡为欧盟法院大厦附属新楼揭幕。位于基希贝格的这座大厦，始建于20世纪70年代初，曾四次扩建。这次大修之后，这个欧洲最高司法机构所在地将永远保持现状，不再进行任何建筑改动。在二十七个成员国一致通过的新宪法正式生效前几个月，在全民直选欧盟主席（法院将负责监督其程序的合法性，保证选举的顺利进行）还有一年的时间里，新楼的完成，象征着欧盟迈出了新的一步。竞选最高法官的候选人届时当然将悉数前往卢森堡……

《纽约时报》，2014年7月10日

作者后记

这是一部小说，书中的主要人物，托马苏、克莱尔、马蒂尔德、伊莎贝尔、亚德里安、安托万都是虚构的，但故事所涉及的地点和历史人物却大多有据可寻。伟大的建筑师或者建造者，从建造奥斯曼帝国主要建筑的希南、印度的贾伊·辛格、英国的克里斯托夫·雷恩，直至美国的路易斯·凯恩，在历史上都进行过独特而神奇的工作，从而使我得以在他们之间编织出一个关系网，这当然是虚构的。

如果说路易斯·凯恩从未拥有过本书赋予他的知识，他却在他的建筑学著作中阐述过面积与使用者心态之间的关系，这一别出心裁的设想相当迷人，完全可以写成一部传奇小说。

本书中所涉及的建筑或工地只有两处是虚构的，即位于正在改造中的图尔与塔克西斯街区的布鲁塞尔欧盟新址、位于卢森堡的欧盟司法大厦的第五次扩建，第四次扩建在多米尼克·佩罗的指挥下现在正接近尾声。

同样，托马苏的寻船、亚德里安和阿隆·戈维茨的解释所依据的资料和引用的例证，在很大程度上也是与现实相符的。有关耶路撒冷圣殿遗址发掘的争论、在地中海发现的神秘罗盘、维特鲁威的手稿在蒙卡森修道院再现、托勒密·费拉德尔菲时代的历史、关于风水的联想、1874年来自迦太基的一艘装有古董的船只等等，这些都有史实依据，我只是借用虚构小说的方式来解读它们而已。

坦尼特标记所象征的东西，则完全是一种虚构。我还擅自给主观的体验以科学的外表，尽管仅限于情感层面。然而，谁又能肯定地说，自己的想法和思考，说得更远些，自己的表述和情感，在任何情况下都不会受其精神活动和社会活动发生地的影响呢？比如，自然光或人造光及其明暗变化的影响，房间和家具布置的影响，对话者之间距离的影响。

如果我们把目光转向统治者，谁又能否认如下事实：他们每次在台上辩论或演讲，幕僚都十分注意座位的安排、桌子的高度、摄影机方位和麦克风的角度。

新的交通方式和交流模式的不断出现，让我们感到受时间和空间的束缚越来越小，可与此同时，人与世界的关系也没那么密切了。

然而，无须花太多时间研究，就可从自身发现类似的经验：我们的情绪会受我们所处的建筑空间的影响，房间越高，住在里面的人便会觉得越自由，呼吸越顺畅。

致力于让公民服从统治者意愿的政权，也十分重视类似的象征。选举期间，候选人不仅注意在大会或辩论中的形象与言行，还注意发表演说和参与辩论的场所，这就足以说明问题。这种处心积虑，大家太清楚了，甚至成了公民不信任的原因之一，被斥之为“选举促销”。

我们都不喜欢受人摆布，都希望自己的判断不受任何隐藏在背后的东西所影响，这无疑是正确的。本书在这方面给了大家一个安慰，尽管不大，但毕竟是一种安慰：那些以为能操纵我们的领袖、院外活动者、具有影响力的推荐人或者广告代理人，也许他们自己也不过是个玩偶，是“世界秩序”手中的玩具，因为这个“秩序”远远超出了他们掌控的范围。知道了这一点，难道不是个安慰吗？

致 谢

非常感谢吉勒和蒂博在“深海潜水”和“特别任务”这两个神秘领域给我的建议和启迪；感谢帕特里克在布鲁塞尔的天才导游，同时也感谢洛兰、马加利、奥利维耶、西尔万、克里斯泰尔及蒂梅出版社全体工作人员，谢谢他们在我的整个创作过程中所表现出来的耐心、热情、才能和鼓励，感谢克里斯托夫的信任和友谊。

（京权）图字：01-2011-8002
图书在版编目(CIP)数据

世界的秩序／（法）雷佩著；彭怡译，－北京：
作家出版社，2012.10
ISBN 978-7-5063-6508-6

Ⅰ.①世… Ⅱ.①雷…②彭… Ⅲ.①长篇小说－法
国－现代 Ⅳ.①I565.45

中国版本图书馆CIP数据核字（2012）第159657号

Chasse Litté 策划：猎文文化发展有限公司

世界的秩序

作者：（法）德尼·雷佩
译者：彭怡
责任编辑：王炘　周茹　翟婧婧
装帧设计：视觉共振设计工作室
出版发行：作家出版社
社址：北京农展馆南里10号　　邮编：100125
电话传真：86-10-65930756（出版发行部）
86-10-65004079（总编室）
86-10-65015116（邮购部）
E-mail: zuojia@zuojia.net.cn
http://www.haozuojia.com（作家在线）
印刷：紫恒印装有限公司
成品尺寸：152×230
字数：219千
印张：15.25
版次：2012年 10 月第 1 版
印次：2012年 10 月第 1 次印刷
ISBN 978-7-5063-6508-6
定价：28.00元